半次と十兵衛捕物帳

ふきだまり長屋大騒動

鳥羽　亮

幻冬舎時代小説文庫

半次と十兵衛捕物帳　ふきだまり長屋大騒動

目次

第一章　なまけ者

1

アアア……。

半次《はんじ》は上半身を起こし、両手を突き上げて大きく伸びをした。

腹の上にかけてあった掻巻《かいまき》を脇《わき》に撥《は》ね除《の》けたが、立ち上がる気になれなかった。

ひどく腹が減っていたが、めしを炊くのは面倒だし、外に食べに行きたくても銭がない。

戸口の腰高障子《こしだかしょうじ》に目をやると、初秋の陽射《ひざ》しを映じて白くかがやいていた。すでに、五ツ半（午前九時）ごろになるのではあるまいか。

すこし風があるらしく、破れた障子がヘラヘラと笑うように揺れている。長屋のあちこちから、亭主のがなり声、女房の子供を叱《しか》る声、赤子《あかご》の泣き声などが聞こえてきた。長屋はいつもの喧騒《けんそう》につつまれている。

……水でも飲むか。

そう思って、半次が立ち上がったとき、戸口に近付いてくる下駄の音がした。足が悪いのか、すこし引《ひ》き摺《ず》るような音である。

半次は、その足音の主《ぬし》がすぐに分かった。長屋の同じ棟に住むお寅婆《とらばあ》さんである。半次は慌てて捲《めく》れ上がった小《こ》袖《そで》の裾《すそ》を下ろし、皺《しわ》をたたいた。昨夜《ゆうべ》、寝酒を飲み、面倒になって着替えずに寝てしまったのだ。だらしのない格好をお寅に見られたら、何を言われるか分からない。

下駄の音は戸口の前でとまった。

「起きてるかい」

お寅のしゃがれ声が聞こえた。

「起きてるぞ。入《へえ》ってくれ」

半次は、急いで掻巻と布団を部屋の隅に立ててあった枕屏風《まくらびょうぶ》の向こうに押しやりながら言った。

お寅は、腰高障子をあけて土間に入ってきた。手に丼《どんぶり》を持っている。握りめしが、ふたつ入っていた。おまけに、切ったたくあんまで添えてある。半次のために、朝めしの残りを握りめしにして持ってきてくれたらしい。

「半次、おまえ、いま起きたところだね」

お寅は、半次を見つめながらなじるように言った。

お寅は長屋で、お節介婆さん、とか、口出し婆さん、とか呼ばれていた。長屋で何かあるときまって顔を出し、なにやかやと口出しをする。口が悪く、半次も平気で呼び捨てにしていた。ただ、心根はやさしく、困ったことがあると親身になって世話してくれたり、独《ひと》り者の半次を気遣《きづか》って握りめしをとどけてくれたり、時には流し場で洗い物をしてくれたりした。それで、半次は呼び捨てにされても、気にもしなかったのだ。

お寅は、すでに還暦を過ぎていた。髪は白髪《しらが》で、腰がまがっている。肌が赭黒《あかぐろ》く、皺の多い顔は梅干のようである。

「い、いや、起きたのは、だいぶ前《めえ》なんだ。ちょいと、部屋の片付けをしていてな。外に出なかったのよ」

半次が声をつまらせて言った。顔が赤くなっている。嘘《うそ》だと、その顔を見ればすぐに分かる。

「部屋を片付けていたようには、見えないねえ」

お寅は、部屋の隅の枕屏風と押しやられた掻巻と布団に目をやったが、

「それで、朝めしは食ったのかい」

と、訊《き》いた。いつものことなので、言っても仕方がないと思ったのかもしれない。

「まだなんだ」

半次は目尻を下げながら上《あ》がり框《かまち》のそばまで来ると、丼のなかの握りめしを見てゴクリと唾を飲み込んだ。

「食べるかい」

お寅は上がり框に腰を下ろし、握りめしの入った丼を半次の膝先《ひざさき》に置いた。

「すまねえ。おれは、握りめしが大好物よ。……さっそく、ひとつもらうぜ」

そう言って、半次は握りめしに手を伸ばした。握りめしが大好物というわけではなかったが、そう言っておいたのだ。それに、腹が減っていれば何でも旨《うま》い。

お寅は、脇に腰を下ろした半次の顔や身装《みなり》をジロジロ見ながら、

「それにしても、ひどい格好だねえ。……髷《まげ》ぐらいどうにかならないのかい」

と、あきれたような顔をして言った。

お寅の言うとおり、半次はひどい格好をしていた。髷は脇に垂れ、鬢《びん》はほつれて乱れていた。おまけに起きてから顔を洗っていないので、目の縁に目脂《めやに》までついていた。着古した小袖の肩には継ぎ当てがあり、襟《えり》は汗と垢《あか》で黒びかりしている。

半次は二十四歳、面長《おもなが》で鼻筋の通った端整な顔立ちをしているのだが、あまりにだらしないため、せっかくの男前もだいなしである。

半次は屋根葺《ふ》き職人だったが、あまり仕事にいかなかった。十八のときささいなことで親方と喧嘩《けんか》して縁を切られ、その後は屋根葺きの仕事がほとんどなくなってしまったのだ。

半次が住んでいるのは、浅草元鳥越町《もととりごえちょう》にある権兵衛店《ごんべえだな》だった。古い棟割り長屋で、住人は変わり者が多かった。半次のように真《ま》っ当《とう》な仕事につけない者、流浪の芸人、売れない絵師、老いた易者、牢人《ろうにん》などで、あぶれ者の吹き溜《だ》まりのような長屋である。界隈《かいわい》では、権兵衛店でなくふきよせ長屋とかふきだまり長屋と呼ばれていた。

「そうだな。髷ぐれえ何とかしねえとな」

半次は左手に握りめしを持ったまま、右手で髷をつまみ、頭頂に置き直した。

「半次も、しっかりした仕事につかないといけないねえ。半次のこと、長屋の連中がなんて言ってるか知ってるかい」

お寅が小声で訊いた。

「何と言ってる」

どうせ、悪口だろうと思った。

「長屋一の怠け者だってさ」

「ちげえねえ。おれより怠け者はいねえだろうよ」

「でもねえ、半次は怠け者じゃァないよ。ただ、朝寝坊なんだ。それで、怠け者に見えるのさ」

お寅がもっともらしい顔をして言った。

「…………」

半次は似たようなものだと思ったが、黙っていた。

確かに、半次は朝寝坊だった。どういうわけか、朝起きられないのである。それもあって、働きにもいかず、長屋でごろごろしていることが多かった。たまにむかし付き合いのあった屋根葺き職人から仕事をまわしてもらうこともあったが、それだけでは食っていけず、口入れ屋に出かけて仕事をみつけてもらい日傭《ひようと》取りや人足などもしていた。それもどうにもならなくなったときだけである。

「長屋に、働き者はいないがね」

お寅が口元に薄笑いを浮かべて言った。

「そうよ、おれだけじゃァねえや」

長屋の住人はみな貧乏だった。そのくせ、真っ当に働く者はすくなく、半次のような怠け者、飲《の》ん兵衛《べえ》、呑気《のんき》者《もの》などが多かった。

半次が握りめしを食い終え、たくあんをかじっていると、戸口に駆け寄るパタパタという足音が聞こえた。子供らしい。

足音は腰高障子の向こうでとまり、子供の短い影が障子に映った。

障子の破れ目から子供の顔が見え、

「婆ちゃん、いるか」

と、男児《おとこのこ》の声がした。ふたつのどんぐり眼《まなこ》が家のなかを覗《のぞ》いている。

お寅の孫の仙太《せんた》だった。まだ、五つである。お寅の家は、四人家族だった。お寅の倅《せがれ》で、ぼてふりの富助《とみすけ》、女房のおよし、それにお寅と仙太である。

「仙太、入ってこい」

半次が声をかけると、ガタガタと腰高障子が音をたてて二尺ほどあいた。その間から土間に入ってきた仙太は、半次とお寅の顔を見比べながら、

「ちゃんが、人が殺されてるって言ってたぞ」

と、目を瞠《みひら》いて言った。ちゃんというのは、父親の富助のことである。

「だれが、殺されたのだ」

半次が訊いた。お寅は、驚いたような顔をして仙太を見つめている。

「お侍だって」

「どこで、殺されているんだ」

「川のそばだって」

「大川か」

「ううん、もっと近く」

仙太がそう言うと、お寅が、

「きっと、新堀川だよ。半次さん、近いから行ってみるかね」

と言って、立ち上がった。

お寅は、半次さんと呼んだ。声までやわらかくなっていた。孫の仙太がそばにいたからである。仙太は、すぐに真似《まね》をするのだ。

お寅の言うとおり、新堀川は元鳥越町から近かったが、北に長く延びているので殺されている場所が分からなければ、近いか遠いか分からない。

「おれは、行かねえよ」

半次は、殺された侍など見ても仕方がないと思った。腹も一杯になったし、寝ていた方が楽である。

「半次さん、駄目だよ、家にこもってちゃァ。そういう出無精だから、仕事にもいかなくなるんだよ」

「うむ……」

半次が渋い顔をした。

「半次さん、行こうよ」

仙太が、半次の手を引っ張った。

「しょうがねえ。出かけるか」

半次はしぶしぶ立ち上がった。野次馬根性で死体を見にいっても仕方がないと思ったが、握りめしの手前、お寅のお節介に付き合ってやろうと思ったのである。

2

半次がお寅と仙太を連れて長屋の路地木戸から出ようとすると、後ろから声をかけられた。長屋に住む牢人の谷崎十兵衛《たにざきじゅうべえ》である。

「半次、おまえたちも殺された武士を見に行くのか」

十兵衛が訊いた。十兵衛も、武士が殺されているという話を耳にしたようだ。

「へい、ちょいと死体《ほとけ》を拝んできやす」

半次が言うと、脇にいた仙太が、

「おいらも、拝んでくるんだ」

と、十兵衛を見上げて言った。得意そうな顔をしている。

「ならば、おれも行こう。……暇なのでな」

十兵衛も、半次の後に跟《つ》いてきた。

十兵衛は四十がらみ、眉が濃く、頤《おとがい》の張ったいかつい顔をしていた。武辺者《ぶへんしゃ》らしい面構《つらがま》えである。その風貌《ふうぼう》に似合わず、ひどい格好をしていた。

着古した小袖には、肩や胸に継ぎ当てがあり、羊羹色《ようかんいろ》の袴《はかま》はよれよれだった。総髪で、無精髭《ぶしょうひげ》が伸びていた。粗末な黒鞘《くろざや》の大刀を一本だけ差している。十兵衛は武士らしく、刀だけは差していることが多かった。

長屋に越してくる前は、手跡指南所の手伝いをして口を糊《のり》していたようだが、いまは口入れ屋を通して日傭取りをしていた。酒に酔って手跡指南所で大暴れしたため、やめさせられたらしい。

十兵衛は無類の酒好きで、酒焼けした赭黒い顔をしていた。いつも酒臭く、酔っていることが多い。長屋では「飲ん兵衛の旦那《だんな》」で通っていた。

十兵衛は、十五歳になる紀乃《よしの》という娘とふたりで住んでいた。妻女は、三年前に病死したらしい。紀乃が、炊事洗濯など家のなかの仕事をしているという。

半次たち四人は、小体《こてい》な店《たな》や表長屋などのつづく路地を東にむかって歩いた。年寄りと子供がいっしょなので、ゆっくりとした歩調である。しばらく歩くと、新堀川に突き当たった。

「さて、どこかな」

半次は新堀川沿いの通りに目をやった。

新堀川は浅草の町を南北に流れていた。元鳥越町の北側は武家屋敷がつづき、その先は町家が軒を連ねている。通りには、ぽつぽつと人通りがあり、職人ふうの男、ぼてふり、町娘、供連れの武士などが行き過ぎていく。

「変わった様子はないな」

半次はだれかに訊いてみようと思った。

ちょうど、盤台《ばんだい》を担いだぼてふりが通りかかったので訊いてみると、人が殺されているのは、阿部川町とのことだった。

阿部川町は、新堀川沿いを北にむかった先だが、それほど遠くはない。半次たちは、川沿いの道を北にむかった。

「半次、あれだぞ」

十兵衛が前方を指差した。

見ると、新堀川の岸沿いに植えてある柳のまわりに、人だかりができていた。通りすがりの野次馬が多いようだが、八丁堀同心の姿もあった。八丁堀同心は小袖を着流し、羽織の裾を帯に挟む巻き羽織と呼ばれる八丁堀同心独特の格好をしているので、遠目にもそれと知れるのだ。

……北町奉行所《きたまちぶぎょうしょ》の岡倉《おかくら》さまかもしれねえ。

半次は、同心の長身痩躯《そうく》に見覚えがあった。北町奉行所、定廻《じょうまわ》り同心の岡倉彦次郎《ひこじろう》である。

半次は屋根葺き職人の親方と縁を切ってから、三年ほど岡倉の手先のようなことをしていたことがあった。岡っ引きというより厄介《やっかい》な事件が起こったときだけ、岡倉に探索を頼まれたのである。

半次が岡倉に探索を頼まれるようになった発端は、たまたま商家に押し入った夜盗のひとりが屋根葺き職人だったことから、岡倉にいろいろ話を訊かれたことである。そのとき、半次が仕事をやめてぶらぶらしているのを見た岡倉から、「遊んでいるなら、手伝ってくれ」と言われ、探索に手を貸したのだ。その後、半次は岡倉に頼まれて事件の探索にくわわったが、ちかごろは岡倉が厄介な事件にかかわらないこともあって、岡倉の手先として働くことはなかった。

半次たちは、人垣の後ろから柳の根元を覗いた。羽織袴姿の商家の旦那ふうの男が俯《うつぶ》せに倒れていた。肩がどす黒い血に染まっている。

そのとき、仙太が、

「婆ちゃん、見えないよ」

と、背伸びしながら声を上げた。その声で、集まっていた野次馬たちが仙太の方に顔をむけた。

岡倉も振り向いて、野次馬の後ろに立っている半次を目にすると、

「半次、そばに来て死体《ほとけ》を拝んでみろ」

と、声をかけた。

岡倉は三十代半ば、顔が浅黒く、眼光の鋭い剽悍《ひょうかん》そうな面構えをしていた。やり手の町方《まちかた》同心らしい風貌である。

「へい、それじゃァちょいと」

半次は首をすくめるようにして、死体のそばに近付いた。

十兵衛も、もっともらしい顔をして半次といっしょに死体に近付いてきた。

俯せに倒れている男は、肩から背にかけて袈裟《けさ》に斬《き》られていた。刀傷である。深い傷で、ひらいた傷口から截断《せつだん》された鎖骨が白く覗いていた。他に傷はないようである。下手人は一太刀《ひとたち》で仕留めたようだ。

「半次、下手人は遣《つか》い手《て》だぞ」

十兵衛が半次の耳元で言った。

十兵衛の赭黒い顔がめずらしくひきしまっていた。ふだんは酒に酔ってどろんとした感じのする眼に、強いひかりが宿っている。

……しかも、剛剣の主だ。

と、十兵衛は思った。下手人は、鎖骨が截断されるほど深く斬り下げていた。剛剣の主の斬撃《ざんげき》でなければ、これだけの傷は生じないはずである。

十兵衛は中西派一刀流の遣い手であった。刀傷を見て、斬った者の太刀筋や腕のほどがある程度分かるのである。

十兵衛は谷崎家の三男に生まれた。兄ふたりがいたので、家を継ぐことはむずかしかった。そのため、少年のころから剣で身を立てようと思い、下谷《したや》練塀小路《ねりべいこうじ》にあった中西派一刀流の道場に通った。十兵衛は剣術が好きで稽古《けいこ》熱心のうえに剣の天稟《てんぴん》があり、二十歳を越えるころに一刀流の道場でも出色の遣い手になった。

ところが、酒でつまずいた。兄弟子に誘われて酒の味を覚えると、自分でも酒屋に立ち寄ったり、居酒屋の縄暖簾《なわのれん》をくぐったりして酒を飲むようになった。そんなおり、酔ったまま稽古にいき、兄弟子に強く叱責《しっせき》された。

酒に酔っていた十兵衛は、カッとして手にしていた木刀で兄弟子を殴りつけてしまった。兄弟子の命に別状はなかったが、右腕の骨を砕き、剣術の稽古もままならなくなってしまった。

これに道場主が激怒し、すぐに十兵衛を破門してしまった。その後、十兵衛は親戚の手蔓《てづる》で手跡指南所を手伝うようになったが、飲ん兵衛がわざわいし、手跡指南所もやめざるを得なくなり、権兵衛店に住むようになったのである。

そのとき、岡倉が立ち上がり、半次に近付いてきた。岡倉は十兵衛にうさん臭そうな目をむけたが、何も言わず、

「半次、おめえの塒《ねぐら》はこの近くだったな」

と、半次に訊いた。

「へい、元鳥越《ちけ》町でさァ」

「ここと近えな。どうだい、この辺りでうろんな武士を見かけたやつはいねえかい」

岡倉の物言いは伝法《でんぽう》だった。町奉行所の定廻り同心は市中を巡視しながら、なら

ず者、遊び人、無宿者などと接する機会が多く、どうしても物言いが乱暴になるのだ。

「そんな噂《うわさ》は、耳にしてやせんが」

半次が首をひねった。

「ちかごろ、この辺りや柳原通《やなぎわらどお》りに、辻斬《つじぎ》りが出るらしいんだ」

柳原通りは神田川沿いの道で、両国から筋違御門《すじかいごもん》までつづいている。日中は賑《にぎ》やかな通りだが、陽が沈むと寂しくなり、夜鷹《よたか》が出没したりする。

「これも、辻斬りの仕業《しわざ》ですかい」

そう言って、半次は横たわっている死体に目をやった。

「まちげえねえ。刀傷だし、財布を抜かれているからな」

岡倉によると、殺されたのは浅草森田町の米問屋、松本屋の番頭の盛蔵《もりぞう》だという。掛け金の集金の帰りに通りかかり、辻斬りに殺されたらしい。

「腕のたつ辻斬りらしいな」

半次の脇に立っていた十兵衛が口をはさんだ。

岡倉は、ジロリと十兵衛を見て、

「旦那は？」

と、訊いた。目に心底を探るような色がある。

「おれは半次と同じ長屋に住んでいてな。名は谷崎十兵衛だ」

十兵衛が名乗った。

「谷崎の旦那には、日頃世話になってるんでさァ」

半次が慌てて言い添えた。十兵衛に世話になっているわけではなかったが、そう言っておいたのである。

「半次がそう言うなら、まちげえねえだろう」

岡倉は、よもや辻斬りがおれの前に出てくることはあるめえ、とつぶやき、あらためて半次に目をむけ、

「半次、また頼むかもしれねえぜ」

と言い置いて、その場を離れた。

半次と十兵衛は野次馬たちの後ろにもどったが、お寅と仙太が見当たらなかった。ふたりで、人垣のまわりをめぐっていると、野次馬たちの間にもぐり込んで、横たわっている死体を見ているお寅と仙太の姿が目に入った。

「婆さんまで、ガキといっしょになって——」

半次はあきれたような顔をして、ふたりの背後に近付き、

「おい、帰《けえ》るぜ」

と、お寅の肩をたたいて言った。これ以上、死体や野次馬たちを眺めていても仕方がないのである。

3

「酒さえあれば、この世は極楽」

さァ、飲んでくれ、と十兵衛が貧乏徳利を手にして声を上げた。気持ちよく酔っているらしく、上機嫌だった。

権兵衛店の半次の家だった。四人の男が集まって酒を飲んでいた。半次、十兵衛、それに忠兵衛《ちゅうべえ》と熊造《くまぞう》だった。忠兵衛と熊造も長屋の住人である。

「よォし、今夜は飲むぞ」

熊造が大声で言った。

熊造はその名のとおり、熊のような大男だった。眉が太く、髭が濃い。毛深く、胸や手は毛むくじゃらである。腰切《こしき》り半纏《ばんてん》に、褌《ふんどし》ひとつの格好だった。陽に灼《や》けた赤銅《しゃくどう》色《いろ》の肌をしている。

熊造は日傭取りだった。巨漢で強力《ごうりき》だったので、他人《ひと》の二倍は稼ぐ。

今日は熊造と忠兵衛の稼いだ金で酒を買い、半次の部屋に集まって酒盛りを始めたのである。

長屋の男たちは、半次の家に集まって酒を飲んだり、おだを上げたりすることが多かった。半次には女房子供がいなかったので、気兼ねなく騒げたからである。

「よいか、熊造、飲むのはいいが、酒に飲まれるなよ」

忠兵衛が顔をしかめて言った。

忠兵衛は還暦に近い老齢だった。瘦《や》せて首が細く、顎《あご》に白髭を伸ばしていた。出額で、目が落ちくぼんでいる。突き出た喉仏《のどぼとけ》がしゃべる度《たび》に、グビグビと動く。

忠兵衛は八卦見《はっけみ》だった。人出の多い広小路や寺社の一角などで、ちいさな机を前にして椅子に腰掛け、筮竹《ぜいちく》を使って吉凶を占ったり、手相をみたりしている。忠兵衛は出自を武士と言い、武家言葉を遣っていたが、長屋の者は信用していなかった。

髷は結わなかったし、刀を差して歩くこともなかったからである。

「また、忠兵衛どのの小言《こごと》が始まったな」

十兵衛が笑いながら言った。

長屋の者たちは、忠兵衛のことを「小言忠兵衛」とか「御意見忠兵衛」と呼んでいた。だれかれかまわず、小言や意見を言うからである。

忠兵衛は、五十過ぎのお松《まつ》という女房とふたりだけで住んでいた。そのお松が無口で、滅多に口をひらかない。忠兵衛が小言を並べたてても、お松は黙って聞き流しているらしい。お松に小言を言っても張り合いがないらしく、忠兵衛は男たちと顔を合わせると決まって小言を口にするのだ。

「谷崎どの、笑いごとではないぞ」

忠兵衛がしかめっ面をして言った。十兵衛より武家らしい物言いである。

「いやァ、悪かった。忠兵衛どのの御忠告のとおり、酒に飲まれてはいかん。そこへいくと、おれはいくら飲んでも飲まれることがないからな」

十兵衛が大口をあけ、笑いながら言った。酒に飲まれて道場を破門され、手跡指南所もやめさせられたことを棚に上げている。

「いつも飲んだくれて、娘さんを泣かせているのは、谷崎どのではないか」

忠兵衛が口をとがらせて言った。

「まァ、まァ、忠兵衛さん、さァ、飲んで」

半次が貧乏徳利を手にして忠兵衛の湯飲みに酒をついでやった。これ以上言い合うと、角《かど》が立つのだ。

「半次」

ふいに、忠兵衛が半次に顔をむけた。

「なんです？」

「いつまでも、ひとりでいてはいかんぞ。早く女房をもらって、しっかり仕事をせんと」

忠兵衛が半次を睨《にら》むように見すえて言った。

「へい」

半次は首をすくめるように頭を下げた。胸の内で、こっちに御鉢がまわってきやがった、と思ったが、黙って聞いてやることにした。忠兵衛にとっては小言が酒の肴《さかな》なのである。

いっとき忠兵衛が半次に意見した後、

「ところで、忠兵衛どの、阿部川町で人が斬り殺されたのを知っているかな」

と、十兵衛が訊いた。そろそろ忠兵衛の小言をやめさせようと思ったらしい。

「聞いてますぞ。辻斬りだそうではないか」

忠兵衛が十兵衛に顔をむけた。

「斬られたのは、松本屋の番頭だそうだ」

そう言うと、十兵衛は湯飲みを高くし、グビグビと酒を飲んだ。話をしながらも、酒を飲むことは忘れないらしい。

忠兵衛が、十兵衛の湯飲みに酒をついでやりながら、

「番頭のことも聞いてるぞ。だいたい、町方がしっかりしないからこういうことになるのだ」

と、渋い顔をして言った。小言の矛先《ほこさき》は、町方にむかったようだ。

そのとき、熊造が、

「柳原通りで、人攫《ひとさら》いもあったそうですぜ」

と、言い出した。

「なに、人攫いだと」

忠兵衛が熊造に顔をむけた。

「へい、十一歳の娘だそうでさァ」

熊造によると、普請場でもっこ担ぎをしていたときに顔見知りの日傭取りから聞いたという。

「十一歳の娘か」

そう言うと、十兵衛はまた湯飲みをかたむけた。だいぶ飲んだらしく、顔が熟柿《じゅくし》のようになってきた。すこし、体も揺れている。

「辻斬りに、人攫いか。早くお縄にしてもらわんと、町も歩けん。……お上《かみ》もしっかりしてもらいたいものだ」

忠兵衛の声が、急にちいさくなった。忠兵衛でも、お上に意見するのは気が引けるのかもしれない。

それから半刻《はんとき》（一時間）ほどすると、熊造が、おれは帰《けえ》るぜ、と言って、立ち上がった。潮時とみたのかもしれない。熊造はしっかりしていた。羽目をはずして飲まなかったようだ。

熊造は、目を据えて訳の分からない小言をつぶやき始めた忠兵衛の腕をとって立たせると、

「忠兵衛さんは、おれが連れていく」

と言い残し、外へ連れ出した。

一方、半次は貧乏徳利を抱えて飲んでいる十兵衛に、

「旦那、娘さんが心配してやすぜ。後は、家で飲んでくだせえ」

そう言って、貧乏徳利を取った。

「そうだな、酒に飲まれてはいかんからな」

十兵衛は、すぐに立ち上がった。案外、すなおである。十兵衛も娘の紀乃のことが気になっていたにちがいない。

それでも、立ち上がると、貧乏徳利を半次から受け取って提げた。家に持って帰るつもりなのだ。

十兵衛はすこし体が揺れ、足元がふらついていた。

「旦那、しっかりしてくだせえ」

半次は、十兵衛の腕をとって土間に下ろした。

「……なに、おれは酔っておらん」

十兵衛は腰高障子をあけると、よろけながら外へ出ていった。

外は満天の星だった。長屋は夜の帳《とばり》につつまれ、ひっそりと静まっている。物音も話し声も聞こえなかった。長屋の住人たちは眠っているようだ。四ツ（午後十時）を過ぎているかもしれない。

斜向《はすむ》かいの十兵衛の家だけ、明りが洩《も》れていた。娘の紀乃が、父の帰りを待っているようだ。

半次は若い娘がひとりで、心配しながら父の帰りを待っている姿を思い浮かべ、

……もっと早く帰せばよかった。

と、胸の内でつぶやいた。

そのとき、十兵衛の家の腰高障子があいて、紀乃が顔を出した。半次の家の腰高障子があく音を耳にしたのかもしれない。

紀乃が小走りに十兵衛に近付いてきた。思わず、半次も戸口から離れ、十兵衛の背後に歩み寄った。

月明りに、紀乃の顔が浮かび上がった。色白のうりざね顔である。鼻筋が通り、

花弁のような可愛《かわい》い唇をしている。

その顔に、心配そうな色があった。十兵衛の帰りが遅いので、心配していたにちがいない。

「紀乃、起きていたのか……」

十兵衛が首をすくめ、すこし飲み過ぎたな、と小声で言った。すまなそうな顔をしている。十兵衛も、気が咎《とが》めたらしい。それに、十兵衛は親ひとり子ひとりということもあって、紀乃のことをひどく可愛《かわい》がっていたのだ。

「半次さん、あまり父上に飲ませないでください」

紀乃が半次を見つめて言った。その顔に戸惑いと怒りが、いっしょになったような表情があった。紀乃は顔に似合わず、気丈な一面をもっていた。

それでも、紀乃は半次に頭を下げ、父上、ひとりで歩ける、と言いながら、十兵衛の腕をとった。紀乃は子供のころから、武家の娘として育てられたこともあって、武家言葉を遣っていた。ただ、長屋の娘と話すおりには町人言葉を遣うようだ。それだけ、長屋の暮らしに馴染《なじ》んだともいえる。

「おれが早く切り上げればよかったんだが、いまになっちまって……」

半次は紀乃に詫《わ》びてから、きびすを返した。

紀乃は去っていく半次の背に目をむけていたが、十兵衛の腕をとったままふたりで戸口から家に入った。

4

半次は、怒鳴り声と瀬戸物の割れるような音で目を覚ました。音は腰高障子の向こうから聞こえてくる。夫婦喧嘩らしい。男の怒鳴り声と、女のきいきい声の合間に何かが粗壁にぶつかる音や茶碗の割れる音などがひびいた。つづいて、女児の泣き声がおこった。何とも、騒々しい。

……また、竹六《たけろく》か。

半次の家の向かいの棟の端に、竹六夫婦は住んでいた。子供は五つの男児と三つの女児がいる。竹六は手間賃稼ぎの大工だが、半次と同じように怠け者で、三日に一度ぐらいしか仕事にいかない。それで、女房のおらくが稼ぎが悪いと罵《のの》しり、竹六が言い返して喧嘩になるのだ。

……五ツ（午前八時）は過ぎたかな。

腰高障子が白くかがやいていた。だいぶ、陽は高いようである。

……起きるのは、億劫《おっくう》だな。

半次は夜具に横になったまま起き上がらなかった。腹が減ってどうにも我慢できなくなったら起きればいいと思っていた。ここ二日、日傭取りの仕事に出たので、めしを食う銭は残っていた。銭があると気持ちに余裕ができ、よけい起きたくなくなる。身を起こしてしまえばどうということはないのだが、なかなか起きられない。

いっときすると、竹六夫婦の喧嘩の音もだいぶ下火になってきた。子供の泣き声もやんでいる。半次が搔巻にくるまってうとうとし始めたとき、腰高障子に近寄ってくる足音が聞こえた。

「半次、いるかい」

聞き慣れない男の声だった。長屋の住人ではないらしい。

半次は身を起こし、

「だれだい」

と、訊いた。

「茅町《かやちょう》の達造《たつぞう》だよ」

達造は、浅草茅町に住む岡っ引きだった。定廻り同心の岡倉から手札をもらっている男である。半次は、岡倉に頼まれて事件の探索にくわわったとき、達造といっしょに動いたこともあった。

「待ってくれ」

半次はすぐに立ち上がり、夜具はそのままにして急いで寝間着を着替えた。寝間着のまま達造に会うわけにはいかなかったのである。

半次は小袖に着替えると、すぐに土間へ下りたが、慌てて指先で目脂だけぬぐった。起きぬけだと思われたくなかったのである。

障子をあけると、カッとした陽射しが照りつけていた。四ツ（午前十時）ごろかもしれない。初秋の強い陽射しである。

達造は戸口にあらわれた半次をジロリと見て、

「おめえ、寝てたのか」

と、訊いた。顔にあきれたような表情があった。

達造は四十がらみ、赤ら顔ででっぷり太っていた。小鼻が張り、分厚い唇をしている。悪党面《あくとうづら》をしているが、案外気立てはいいのだ。

「おい、もう四ツごろだぜ。寝てるわけがねえだろう」

半次は年下だが、達造と対等な口をきいた。岡倉が、半次を一人前の岡っ引きのように扱ったので、なんとなくふたりの間も岡っ引き仲間のようになったのである。

「そうだな。いくらなんでも、いまごろまで寝ているやつは、いるめえ」

達造が言った。

「ところで、何の用だい」

「おめえを迎えに来たのよ。岡倉の旦那が、頼みがあるそうだ」

達造によると、岡倉が巡視の途中、神田川沿いの道を通るので、新シ橋《あたらしばし》のたもとで待っているように言われたという。

新シ橋は神田川にかかっている。権兵衛店から、そう遠くはなかった。

「すぐ、行くのか」

「そうだが、何か都合の悪いことでもあるのかい」

達造が訊いた。

「いや、ねえ。このまま行けるぜ」

半次は腹が減っていたが、我慢しようと思った。

半次は達造といっしょに長屋の路地木戸をくぐり、小体な店や表長屋のつづく路地を南にむかった。

元鳥越町を抜けると、大名屋敷のつづく通りに出た。急に町人の姿がすくなくなり、供連れの武士や御仕着せの法被《はっぴ》姿の中間《ちゅうげん》などが目についた。

大名屋敷のつづく通りを抜けると、神田川に突き当たった。川沿いの道を右手にむかえば、新シ橋はすぐである。

しばらく川沿いの道を歩くと、前方に新シ橋が見えてきた。橋上を行き来する人々が、指先ほどに見える。

橋のたもとまで行ったが、岡倉の姿はなかった。

「あの桜の下で待つか」

達造が、川岸近くで枝葉を茂らせている桜の木を指差した。路傍が木陰につつまれていた。そこなら陽射しが避けられそうである。

「そうしよう」

ふたりは、桜の木陰で岡倉が来るのを待った。

いっときすると、新シ橋を渡って来る岡倉の姿が見えた。ふたりの手先を連れていた。小者《こもの》の新助《しんすけ》と岡っ引きの孫七《まごしち》だった。半次はふたりの顔を知っていたが、親しく話したことはなかった。

岡倉は半次たちのそばに来ると、

「おめえたちは、先に行ってな」

と、ふたりの手先を先にやった。ふたりは、川沿いの道を浅草御門《あさくさごもん》の方へむかって歩き出した。その通りが、岡倉の今日の巡視の道筋になっているのだろう。

「ここにつっ立って話すと、人目を引くな。歩きながら話すか」

岡倉も浅草御門の方に足をむけた。半次と達造は、岡倉に跟《つ》いて歩いた。

「半次、おめえに頼みがあってな」

岡倉が歩きながら言った。

「辻斬りの話は聞いてるな」

「へい」

どうやら、岡倉は半次に探索を頼むつもりらしい。

「辻斬りに殺《や》られたのはふたりだ」

「そのようで」

「辻斬りだけなら、おめえに頼むこともねえんだがな。ちょいと、妙な雲行きになってるのよ」

岡倉が声をひそめて言った。

「妙な雲行きといいやすと」

「人攫いだ。ここ半月《はんつき》ほどの間に、ふたり攫われたのよ」

「ふたり……」

半次は、熊造から十一歳になる娘が攫われたと聞いたが、そのときは気にもしなかったので聞き流していた。

「ひとりは、豊島町《としまちょう》の下駄屋の娘で、十一になるお春《はる》だ」

岡倉によると、夕暮れどき、お春が店の近くの路地で遊んでいると、何人かの男に無理やり駕籠《かご》に乗せられて連れ去られたという。通りがかりの者が目撃したそうだ。

半次は、熊造が話していたのはお春のことだろうと思った。

「もうひとりはおとせという娘でな、十三歳だそうだ」

おとせは、福井町の八百屋《やおや》の娘で、遊びの帰りに襲われ、やはり駕籠で連れ去られたという。

「何が狙《ねら》いで、娘を攫ったんですかね」

半次が訊いた。下駄屋と八百屋の娘では、身の代金が目当てではないだろう。

「ふたりとも、器量のいい娘らしいのでな。女郎屋にでも売り飛ばす魂胆かもしれねえな。……それにな、ここ数年の間に、若い娘が何人か攫われているのよ。その件とも、何かかかわりがあるかもしれねえ」

岡倉がきびしい顔をして言うと、

「吉原《なか》の他に岡場所にも探りを入れてるんだが、ちかごろそれらしい娘が売られてきた様子はねえんだ」

と、達造が言い添えた。

「つづけざまに辻斬りと人攫いがおこったのでな。どうにも、手が足りねえ。それで、おめえに手を貸してもらいてえのよ」

岡倉が歩調をゆるめて半次に顔をむけた。

「旦那、茅町の親分とちがって、あっしなんか足手纏《あしでまと》いになるだけですぜ」

半次には手先もいなかったし、たいしたことはできないと思った。

「これまでのように、できるだけでいいさ」

岡倉が当然のことのように言った。

半次が黙っていると、

「それで、十手《じって》はあるかい」

と、岡倉が訊いた。半次が承知したと勝手に決め付けている。

「この前、おあずかりしたのがありやす」

岡倉からあずかった十手は、家の長持《ながもち》のなかに入れたままになっていた。

「それじゃァ頼むぜ。……屋根葺きの仕事があるときは、そっちに行ってもかまわねえが、しばらく食えるだけは渡しておくからな」

岡倉は口元に薄笑いを浮かべて懐《ふところ》から財布を取り出すと、小判を二枚取り出して半次に手渡した。半次が、なまけの半次と呼ばれて、あまり仕事に行かないことを知っているのだ。

「こいつは、どうも──」

半次は小判を手にした。半次にとって、二両は大金だった。こうなると、探索に手を貸すより仕方がない。

「半次、何か分かったら知らせてくれ」

そう言うと、岡倉はすこし足を速めた。達造も足を速めて岡倉に跟いていく。この後の巡視に従うつもりらしい。

半次は足をとめて、ふたりの後ろ姿を見送った。

5

陽が沈むころになってから、半次は久し振りに竈《へっつい》でめしを炊いた。岡倉からもらった金で、米や味噌《みそ》を買ったのである。めしは炊いたが、菜までは作る気になれなかったので、味噌を嘗《な》めながらめしを食った。それでも、炊きたてのめしは旨かった。

半次がめしを食い終えて一休みしていると、戸口に近付いてくる下駄や草履《ぞうり》の音がした。長屋の者が何人か来たらしい。

また、谷崎の旦那たちが酒盛りでもしにきたかと思ったが、そうではなかった。

土間に入ってきたのは、お寅、お寅の倅の富助、それに忠兵衛だった。めずらしい組み合わせだった。それに、三人ともひどく心配そうな顔をしている。

「どうしたい？」

半次が訊いた。何かあったらしい。

「お初《はつ》ちゃんが、帰ってこないんだよ」

お寅が眉根を寄せて言った。梅干のような顔の皺がよけい深くなった。

「お初というと、磯吉《いそきち》のところの娘かい」

磯吉という手間賃稼ぎの大工の娘が、お初という名だった。確か、十歳になるはずである。権兵衛店では、めずらしく色白の可愛い娘だった。母親は、お峰《みね》という名である。

「そこらで、遊び歩いてるんじゃァねえのか」

暮れ六ツ（午後六時）の鐘が鳴って小半刻（三十分）ほど経《た》つが、まだ西の空には残照がひろがっていた。夕闇《ゆうやみ》が辺りをつつんでいたが、暗いというほどではない。

「それが、人攫いに遭ったのかもしれねえんだ。清六《せいろく》のところのおしなが、お初と路地木戸の前で話してたらしいんだが、別れた後、おしなはお初が若い男に連れていかれるのを見てるんだ」

富助が言った。

清六は手間賃稼ぎの大工だった。おしなも十歳ほどだが、色の浅黒い丸顔の娘だった。お世辞にも、可愛いとはいえない娘である。

「やはり、人攫いか」

半次の胸に、岡倉から聞いた人攫いの話がよぎった。色白の十歳の娘がいなくなったとなると、人攫いに連れていかれたとみていいのではあるまいか。

「な、長屋の者が、何人もで探してるんだよ」

お寅がしゃがれ声を震わせて言った。

「ともかく、近所を探してみよう」

まだ、人攫いに連れていかれたと決め付けるのは早かった。

半次たちは、何かあると長屋の連中が集まる井戸端に行ってみた。二十人ほど集まっていた。長屋の男たちと女房連中、子供や年寄りの姿もあった。みんなが心配して、集まってきたらしい。

男たちのなかにいた十兵衛が、

「半次、いま、熊造たち男連中が前の路地を探している」

と、小声で言った。十兵衛によると、十人ほどの男が手分けしてお初を探しているそうだ。

十兵衛のそばに、紀乃が心配そうな顔をして立っていた。半次を見て、何か言いたそうな顔をしたが、何も言わなかった。

「磯吉はどうしやした」

半次が訊いた。

「熊造たちといっしょだ」

「お峰は」

半次が訊くと、近くにいたおまさという女房が、

「何人かといっしょに、家の近くを探してるよ。……でも、もう探すところもないんだよ」

と、涙声で言った。

長屋の敷地は狭かった。それに、板塀でかこわれている。おまさの言うとおり、一通り探せば、探す場所もなくなるだろう。

それから半刻（一時間）ほどして、熊造たち男連中が長屋にもどってきた。

「お、お初は、どこにもいねえ」

磯吉が、声を震わせて言った。顔に血の気《け》がなかった。不安と心配とで、じっとしていられないらしく体を小刻みに揺らしている。

辺りは深い夜陰につつまれていた。近所をまわって探すのもむずかしくなってい
る。

「もう一度、探すんだ。家に提灯《ちょうちん》があったら、持ってきてくれ」

十兵衛が男たちに声をかけた。

その声で、十人ほどの男がばらばらと駆け出した。それぞれの家に提灯を取りにいったらしい。いっときすると、長屋のあちこちで提灯の灯《ひ》がともり、足音とともに井戸端の方に集まってきた。

提灯を持った男たちが集まったところで、

「裏手に堀があったな。そこに、嵌《は》まったのかもしれん。提灯で照らしてみてくれ。それに下駄屋の脇の笹藪《ささやぶ》だ。そこも探してみよう」

十兵衛が言った。日頃、十兵衛は飲ん兵衛と揶揄《やゆ》されているが、武士だけあって、

長屋の男たちも十兵衛には一目置いていた。

「みんな、もう一度探すんだ！」

熊造が声を上げると、提灯を持った男たちが路地木戸の方に小走りにむかった。

それから半刻（一時間）ほどすると、ひとり、ふたりともどってきたが、お初は見つからなかった。

明日、あらためて探してみよう、ということになり、ひとまず長屋の住人たちは、それぞれの家にもどったが、お寅や数人の女房は磯吉の家に集まった。お峰のそばにいてやるらしい。

翌朝、まだ暗いうちから半次や十兵衛など、長屋の男連中が集まり、長屋の前の路地やまわりの空き地、掘割などを探したが、お初の姿はどこにもなかった。

明け六ツ（午前六時）の鐘が鳴り、路地沿いの店がひらくと、半次は路地木戸の近くの店屋をまわって、昨夕、お初を見かけなかったか訊いて歩いた。

その結果、お初が駕籠で連れ去られたことが分かった。長屋の路地木戸の斜前《はすまえ》にある舂米屋《つきごめや》の親爺《おやじ》が、店仕舞いのために表戸をしめていたとき、男たちが女児を駕籠に無理やり乗せて連れ去ったのを目にしたのだ。親爺は不審に思ったが、どこの子かも分からなかったのでそのままにしておいたという。

……お春やおとせを攫った一味だ！

と、半次は直感した。攫われた娘はいずれも十歳から十三歳までのまだ少女ともいえるような娘だった。それに、駕籠を使う手口が同じである。

「それで、男たちは何人いた」

半次が親爺に訊いた。

「四人だ」

親爺によると、駕籠かきがふたり、遊び人ふうの男がふたりいたという。遊び人ふうのふたりが女児のそばに来て、何やら声をかけてから嫌がる女児を無理やり駕籠に乗せたそうだ。

……こいつは、本腰を入れて人攫い一味を探らねえとな。

半次は胸の内でつぶやいた。

岡倉から人攫いの探索を頼まれて、七日経っていた。半次は二両の金を手にしたのをいいことに聞き込みにもまわらず、長屋でごろごろしていることが多かったのだ。

6

お初が攫われて二日後、半次の部屋に長屋の者が六人集まっていた。半次、十兵衛、忠兵衛、熊造、猪吉《いきち》、それにお寅である。

猪吉は還暦に近い老齢だった。小柄で、肌が浅黒く、丸顔をしていた。白髪交じりの細い髷が、頭頂にちょこんと載っている。いつも糸のように目を細めて、口元に薄笑いを浮かべていた。

猪吉は十年ほど前まで、吉原で妓夫《ぎゆう》をしていたが、歳《とし》をとり、睨みがきかなくなってやめたのだ。妓夫は、店先で客引などをする店番である。

猪吉は、耳の遠い婆さんとふたりだけで権兵衛店に住んでいた。お富《とみ》という娘がいたが、船頭と一緒になっていまは別の長屋で暮らしていた。お富には子もいるようだったが、長屋に連れてきたことはなかった。ただ、猪吉夫婦には、お富からわずかながら合力《ごうりき》があるらしかった。それに、猪吉は手先が器用だったこともあり、家で笊《ざる》や竹籠《たけかご》などを作って婆さんとの暮らしをたてていた。

半次たち男連中は、何かあると集まって酒を飲む仲間だった。酒盛りだけでなく、長屋に何かあると世話を焼き、相談にのってやったりしていた。ときには、揉《も》め事《ごと》を解決するために相手と強談判《こわだんぱん》したり、ことによっては縛り上げてお上に突き出すようなこともあった。お節介といえばお節介だが、要するに半次たち飲み仲間は年寄りと決まった仕事のない者たちばかりで、暇を持てあましていたのである。

お寅婆さんが部屋に顔を出したのは、半次たちが攫われたお初のことで相談すると知ったからだ。お節介焼きのお寅は、自分も何かやりたくて我慢できなかったのである。

座敷の隅に置かれた行灯《あんどん》の灯に照らされた六人の顔には苦渋の色があった。いつもなら、酒が用意してあるのだが、今日は茶も出ていない。

「このまま、手をこまねいて見ているわけにはいかんぞ」

十兵衛がきびしい顔をして言った。

「そうだよ。……何とか、みんなで、お初ちゃんを取り戻しておくれよ。お峰さんが、かわいそうだもの」

お寅が、顔をゆがめて言った。めずらしく涙声である。

お峰は心配のあまり、めしも喉を通らず寝込んでしまったという。長屋の女房連中が交替で様子を見にいってやっているが、話もしないそうだ。また、亭主の磯吉は仕事に行かず、いまだに近所を歩いてお初を探していた。近所の者が、残りもののめしや菜などをとどけてやっているが、いまのままでは長くもたないだろうという。

「お初は、ひとり娘だからな」

十兵衛が心配そうな顔でうなずいた。十兵衛もひとり娘の紀乃と暮らしているので、磯吉やお峰の気持ちが分かるのだろう。

「いってい、どこへ連れていきゃァがったんだ」

熊造が怒りをあらわにして言った。

「お初だけじゃァねえ。これで、娘が三人攫われてるんだ」

半次が、下駄屋のお春と八百屋のおとせがお初と同じように駕籠で連れ去られたことを話した。

「まったく、悪いやつらだ。お初は、まだ十歳だぞ。攫っていってどうしようというんだ」

　忠兵衛が甲走《かんばし》った声で言った。いつもの小言の口調に、怒りのひびきがくわわっている。

「攫ったのが、みな娘となると、どこかに売り飛ばすつもりではないかな」

　十兵衛が言った。

「女郎屋か」

　と、熊造。

「まず、考えられるのは、吉原《なか》ですぜ。それも、河岸見世《かしみせ》じゃァねえ。大見世《おおみせ》とみていいんじゃァねえかな」

　猪吉がもっともらしい顔をして言った。

　河岸見世は、最下級の局見世《つぼねみせ》のことである。吉原の鉄漿溝《おはぐろどぶ》側の西河岸と反対側の東河岸には、局見世が軒を連ねていた。また、大見世は惣籬《そうまがき》と呼ばれ、格式の最も高い遊女屋のことである。

　猪吉によると、十歳の娘では、すぐに遊女として客をとるわけにはいかず、成長するまで店で雑用でもさせておくか花魁《おいらん》につける禿《かむろ》として使うので、局見世には必要ないという。さすが、猪吉である。吉原で長年過ごしただけあってくわしかった。

「ならば、吉原の大見世にあたれば、お初が連れてこられたかどうか分かるのではないか」

十兵衛が言った。

「そうだ、大見世をあたりゃァいいんだ」

熊造が大声をだした。

「吉原は、猪吉に頼むか」

半次が言った。猪吉の方が半次よりかなり年上だが、ここに集まった男たちは武士である十兵衛と、武士らしく振る舞っている忠兵衛を除いて、みな呼び捨てにしていたのだ。

「おれにまかせてくれ。吉原《なか》に行くのは久し振りだが、まだ顔見知りがいるはずだよ」

そう言って、猪吉が得意そうな顔をした。

「わしも、吉原で探ってみよう」

忠兵衛が口をはさんだ。

「おい、忠兵衛さんが、吉原に行って何をしようってんだい。大見世となりゃァ、目の玉がひっくり返るほどの銭を取られるんだぜ」

熊造があきれたような顔をした。

「わしも、吉原のことは知っておる」

忠兵衛が熊造を睨みつけた。

「でえいち、肝心な下の物が言うことをきかねえだろう。やめときな」

熊造は口元に下卑た笑いを浮かべた。

「馬鹿者、何を考えてるんだ。わしたちは攫われたお初を助け出そうとしているのだぞ。下卑た話をするんじゃァない」

忠兵衛が、小言というより叱りつけるような口調で言った。

「すまねえ……」

熊造が大きな体を縮こませて言った。案外、すなおである。熊造は巨体の割に子供っぽいところがあった。

「わしはな、これだ」

忠兵衛が両手で筮竹を混ぜる仕草をして見せた。

「占いかい」

猪吉が訊いた。

「そうだ。吉原には易者も顔を出すと聞いているぞ」

「河岸見世には来やすが、大見世にはあまり近付きませんぜ。それに、旦那ほどの年寄りの易者はあまり見ねえなァ」

猪吉が小声で言った。易者が女郎屋の格子《こうし》の外をまわり、女郎たちに頼まれると銭をもらって占うのである。

「占いに、若いも年寄りもない」

忠兵衛が目をつり上げて言った。

「まったくだ」

熊造が口をはさんだ。

「ともかく、吉原は猪吉と忠兵衛に頼もう」

十兵衛が話をひきとった。すこし、話がそれてきたように感じたのだろう。

「あたしゃァ、何をすりゃァいいんだい」

お寅がしゃがれ声で訊いた。

「お寅には、大事な役割がある」

「なんだい」

「お峰が心配だ。お初のことを心配して、めしも喉を通らないというではないか」

「そうなんだよ。昨夜もいってみたんだけど、お峰さん泣き通しでね。あれじゃァ身がもたないよ」

お寅が眉根を寄せて言った。

「お寅は女房連中に話して、これからも交替でお峰のそばにいてやるようにしてくれ。これは、お寅にしかできない役割だ」

「もう一度、おときさんやお竹さんと相談してみるよ」

そう言うと、お寅は、よいこら、と掛け声をかけて腰を上げた。おときもお竹も、長屋では世話好きで知られた女房である。

半次や熊造は、とりあえず娘たちが攫われた路地や通りをまわって聞き込んでみることにした。

ただ、熊造は連日というわけにはいかなかった。日傭取りに行かない日だけである。熊造も一家の暮らしをたてねばならないのだ。

熊造や忠兵衛が戸口から出ていくと、後に残ったのは半次と十兵衛だった。

半次は戸口の外まで十兵衛を送って出て、

「十兵衛の旦那は、てえしたもんだ」

と、つぶやくような声で言った。

「なんのことだ」

「いえ、長屋の連中にうまく指図《さしず》したんでね。手跡指南所の手伝いをしてただけのことはあると思ったんでさァ」

「半次、おまえもなかなかだぞ。みんながおまえの家に集まるのは、それだけおまえのことを信頼しているからだ」

「とんでもねえ。あっしが独り者で、気兼ねなく集まれるからでさァ」

「まァ、それもあるがな」

「旦那も、酒さえ飲まなけりゃァ言うことねえんだが――」

そう言って、半次が脇に立った十兵衛に目をやると、

「おまえも、なまけ癖さえなければなァ」

十兵衛が半次の顔を見返した。

第二章　飲ん兵衛

1

半次が戸口の腰高障子をあけて家から出たのは、五ツ半（午前九時）ごろだった。いつもより早く起きたつもりだったが、五ツ（午前八時）ごろになってしまった。目を覚ました後、井戸端で顔を洗い、昨夜の残りのめしを茶漬けにして食っていたらいまになってしまったのだ。

長屋はひっそりとしていた。お初が攫われたことで、住人たちの気持ちが沈んでいることもあるが、それだけではなかった。長屋は一日のなかでもいまごろが静かなときなのだ。亭主は仕事に、子供たちは遊びに出かけ、女房連中は朝めしの片付けを終えて一休みしているころである。

半次は斜向かいにある十兵衛の家に足をむけた。いっしょに福井町と豊島町へ出

かけ、娘たちが攫われた付近をまわって話を訊いてみようと思ったのだ。昨夜、十兵衛の帰り際に半次がそのことを話すと、

「半次、おれもいっしょに行こう」

と、十兵衛が言い出したのである。

半次はひとりでもよかったが、十兵衛もお初を助け出すために何かしたいのだろうと思い、いっしょに行くことにしたのである。

十兵衛の家の腰高障子の前に立ち、「谷崎の旦那、いやすか」と声をかけると、框から土間に下りる音がし、障子があいた。顔を出したのは、紀乃だった。

「あら、半次さん」

紀乃の目が戸惑うように揺れた。ふっくらした色白の頰《ほお》に、朱が差している。

「旦那はいやすか」

「いるけど。また、始めちゃって」

紀乃が困惑したような顔をした。町人の娘らしい物言いだった。半次を相手にしたせいかもしれない。

腰高障子の間から覗くと、十兵衛が座敷のなかほどに胡座《あぐら》をかき、貧乏徳利を前

に置いて酒を飲んでいた。

……また、酒か。

半次が胸の内でつぶやいたとき、

「おお、半次、遅いではないか」

と言って、十兵衛が立ち上がった。半次と紀乃のやり取りが聞こえたらしい。

土間に下りてきた十兵衛は、湯飲みを手にしたまま腰高障子の間から赭黒い顔を突き出し、

「おまえが悪いのだぞ。……いま、何時《なんどき》だと思っておる」

と、濁声《だみごえ》で言った。

「…………」

「おまえを待っているうちに、飲みたくなってな。おまえが早く来れば、おれも飲まなかったのだ」

「すまねえ。ちょいと、寝坊しちまって」

半次は困ったような顔をして首をすくめた。

「まァ、いい。……さて、出かけるか」

十兵衛は手にした湯飲みの酒を一気に飲み干すと、上がり框に湯飲みを置いた。

「行けやすか」

「なに、このくらいではは飲んだうちに入らん」

十兵衛は、上がり框の脇に置いてあった刀を腰に差すと、「紀乃、行ってくるぞ」

と急にやさしい声で言った。

「半次さん、父上をお願いします」

紀乃が半次に目をやって小声で言った。

「へい」

半次は紀乃にうなずいて見せた。

半次と十兵衛は長屋の路地木戸から出ると、東に足をむけた。いったん浅草御蔵《おくら》の前に出てから奥州街道を浅草御門の方へむかい、福井町へ行くつもりだった。

半次は瓦町《かわらまち》の路地に入ったところで、懐から巾着《きんちゃく》を取り出した。そして、小判を一枚取り出すと、

「旦那、これ、とっといてくだせえ」

と言って、十兵衛の前に差し出した。

岡倉からもらった二両のうちの一両だった。こうやって、十兵衛といっしょに探索に出かけることになると、自分だけで懐に入れてしまうのは悪い気がしたのだ。

それに、十兵衛の家でも、十兵衛が働きに出なければ金に困るはずである。

「小判ではないか。どうしたのだ。まさか、おまえ、魔が差して……」

十兵衛が疑わしそうな目で半次を見た。

「旦那、よしてくださいよ。あっしが、岡倉の旦那の下で働いていたことは知ってるでしょう。……お上の御用聞きが、人さまの物に手は出しませんよ。……この前、岡倉の旦那と話してるのを聞いてたでしょうが」

「まあな」

十兵衛は、まだ疑わしそうな目をした。

「実は、その後、岡倉の旦那に会いやしてね。探索を頼まれたんでさァ。そのとき、手当てとして二両いただきやしてね。これは、そのうちの一両でさァ」

「それなら、半次のものではないか」

「いいえ、岡倉の旦那は、あっしだけで使えといって二両渡したんじゃァねえんで。おれに手先はいねえが、いっしょに探索にあたる者がいれば、そいつにも渡せということなんでさァ。だから、一両は旦那のものなんで」

苦しい言いまわしだが、そうとでも言わなければ十兵衛は金を受け取らないだろう。

「そうか。では、いただくか」

十兵衛は、まだ納得していないような顔をしていたが一両を手にして財布に入れた。十兵衛も、一両あれば、しばらく仕事に行かずに、お初を助け出すために動けると思ったのかもしれない。

ふたりがそんなやり取りをしている間に、浅草御蔵の前まで来た。御蔵前は大変な賑わいを見せていた。奥州街道を行き来する旅人、駕籠、町娘、供連れの武士……。そうした通行人にくわえ、米俵《こめだわら》を運ぶ大八車や印半纏姿の船頭、米問屋の奉公人なども目についた。

賑わっている浅草御蔵前を過ぎ、鳥越橋を渡って間もなく、半次たちは右手の通りに入った。そこは瓦町だが、隣町が福井町である。

福井町に入ったところで、半次が後ろから歩いてくる十兵衛に目をやると、赭黒い顔にびっしり汗が浮いていた。初秋の強い陽射しをあびながら人混《ひとご》みを歩いたせいらしい。それに、まだ酒気が抜けていないのだろう。

「旦那、一休みしやしょうか」

半次が足をとめて訊いた。

「そうだな。どこか、木陰でもないかな。暑くてかなわん」

十兵衛が手の甲で額の汗をぬぐいながら言った。

半次はどこかにいい場所はないかと思い、通りの先に目をやると、一町ほど先に稲荷《いなり》があった。通り沿いに赤い鳥居が見えた。常緑樹の杜《もり》が、こんもりと深緑を茂らせている。

「旦那、あそこの稲荷がいいですぜ」

「あそこにしよう」

ふたりは、稲荷に向かって歩いた。

鳥居の前までいって境内《けいだい》を覗くと、樫《かし》や欅《けやき》などが祠《ほこら》のまわりをかこんでいた。祠の脇は太い樫が頭上に枝葉をひろげ、涼しげな木陰をつくっていた。それに、丈の低い雑草がびっしりと地面を覆っていた。腰を下ろして一休みできそうである。

十兵衛は、祠の脇の叢《くさむら》に腰を下ろすと、すぐに仰《あお》向けに寝転がり、

「半次、おれはここで酔いを醒《さ》ます」

そう言って、目をとじた。

半次は苦笑いを浮かべて、十兵衛に目をやった。こりゃァ、ここに寝かせておいた方がいい、と思い、

「旦那は、ここにいてくだされ。一刻（二時間）ほどしたら、もどってきやすから」

そう言って、立ち上がった。

「うむ……」

と答えただけで、すぐに十兵衛は鼾《いびき》をかき始めた。

半次は鳥居をくぐって通りに出ると、まず娘の攫われた八百屋を探すことにした。岡倉から聞いて分かっているのは、攫われたのは、おとせという八百屋の娘で、歳が十三ということだけだった。

ただ、福井町では評判になっているはずなので、八百屋はすぐに分かるはずである。半次は通り沿いにあった八百屋の親爺に訊いてみた。同業なら分かりが早いと踏んだのである。店はすぐに分かった。通りを数町南に行くと、大きな太物《ふともの》問屋が

あり、その斜向かいにある八百屋だという。

　半次は親爺に礼を言って、通りを南にむかった。太物問屋はすぐに分かった。通りでは目を引く、土蔵造りで二階建ての大きな店だった。その店の斜向かいに八百屋があった。店はひらいていたが、店先には何も並んでいなかった。奥の台に、青菜や大根などがわずかに並べてあるだけである。娘のことが心配で、本腰を入れて商いをする気になれないのだろう。

　半次は八百屋の前を通り過ぎた。店に入って、攫われた娘のことを訊くわけにいかなかったのだ。

　八百屋の前から半町ほど行ったところに、笠屋《かさや》があった。店先に菅《すげ》笠や網代《あじろ》笠などがぶら下がっていた。店の奥には、塗笠や八ツ折り笠なども並べてある。土間の先に、狭い畳敷きの帳場があり、店のあるじらしい男が、帳場机を前にして算盤《そろばん》をはじいていた。

「ごめんよ」

　半次は声をかけて店に入った。

　あるじらしい男は慌てて立ち上がり、いらっしゃい、と声をかけて、腰をかがめたまま框近くに出てきた。顔に愛想笑《あいそわら》いが浮いている。半次を客と思ったようだ。

「ちょいと、訊きてえことがあってな」

半次は小声で言い、懐から十手を取り出して見せた。岡倉からあずかっている十手である。

「親分さんですかい」

男の顔からぬぐいとったように愛想笑いが消えた。

「手間はとらせねえ。八百屋の娘の件だ」

そう言うと、半次は上がり框に腰を下ろした。それだけ言えば、半次が何を訊きにきたかすぐに分かるだろう。

「おとせさん、まだ見つからないんですか」

男は心配そうな顔をして半次の脇に膝を折り、あるじの与蔵《よぞう》と名乗った。

「まだ、見つからねえ。親も心配してるだろうな」

「商売にも、手がつかないようですよ」

与蔵が小声で言った。

「それでな。何か知ってることがあったら話してもらいてえんだ」

「てまえが耳にしたのは、噂だけでして」

「その噂でいい。おとせは、駕籠に乗せられて連れていかれたそうだが、攫った男たちは何人いたのだ」

「てまえが聞いているのは、四人です」

与蔵によると、遊び人ふうの男がふたりで、駕籠かきがふたりだという。

「四人か」

お初を攫った一味と同じ人数である。やはり、同じ一味とみていいようだ。

「その四人だが、この辺りの男じゃァねえのか」

半次は念のために訊いてみた。

「さァ、てまえには分かりませんが」

「駕籠だが、辻駕籠かい」

「そのようです」

「……………」

半次は、辻駕籠屋をあたってみるのも手だと思った。一味のなかに駕籠かきがいたかもしれない。

それから、半次は四人の人相や体軀《たいく》なども訊いてみたが、与蔵は知らないようだった。無理もない。与蔵は近所の噂を耳にしただけなのだろう。

半次は笠屋を出ると、さらに通りを歩いて目についた店屋に立ち寄って話を訊いたが、探索に役立つような話は聞けなかった。

稲荷にもどると、十兵衛はまだ眠っていた。

2

「旦那、起きてくだせえ」

半次が十兵衛の肩先を揺すると、十兵衛は目を覚ました。

「おお、半次か」

十兵衛は身を起こすと、両手を突き上げ、大口をあけて欠伸《あくび》をした。息がまだ酒臭かったが、顔色はふだんのものだった。

「すっかり酔いが醒めた」

十兵衛は立ち上がると、捲れ上がった袴の裾を下ろしながら、腹が減ったな、とつぶやいた。

半次も腹が減っていた。陽を見ると、西にかたむいている。八ツ（午後二時）ごろではあるまいか。

「そばでも食いやすか」

「そうしよう」

半次と十兵衛は、稲荷の境内から出ると通りを歩き、そば屋を見つけて入った。

十兵衛は、酒を飲みたいような素振りを見せたが、半次は注文を訊きにきた小女《こおんな》にそばだけ頼んだ。ここで、十兵衛に酒を飲まれたのでは、何をしにきたのか分からなくなってしまう。ふたりは、そばで腹ごしらえをして店を出た。

「旦那、豊島町まで足を延ばしやすか」

半次が訊いた。

「そうだな。このまま帰ったのでは、おれは何しに来たか分からんからな」

十兵衛も、豊島町にまわる気になったようだ。

神田豊島町は、神田川の対岸にある町である。半次たちはいったん奥州街道に出て浅草橋を渡り、両国に出た。

さらに、神田川沿いにつづく柳原通りを筋違御門の方へむかって歩き、神田川にかかる新シ橋のたもとを過ぎた。左手にひろがっているのが豊島町で、町家の屋根が折り重なるようにつづいている。

豊島町の町筋に入って、通り沿いの店屋で娘を攫われた下駄屋のことを訊くと、すぐに分かった。この辺りでも噂になっているようだ。

店屋の奉公人によると、通りを南に向かい、二丁目に入ってすぐ左手にある下駄屋で、屋号は佐野屋《さのや》とのことだった。

教えられたとおりに行くと、佐野屋はすぐに分かった。小体な店だが、軒下に下駄の看板がかかっていた。ただ、表戸はしまったままだった。脇の戸はあいているので、家の者はいるらしい。娘が攫われ、店をあけて商いをする気になれないのかもしれない。

「旦那、どうしやす」

路傍に足をとめて、半次が十兵衛に訊いた。

「まず、近所で訊いてみねばならないが、ふたりして訊きまわることはないな。手分けして聞き込んでみるか」

「そうしやしょう」

ふたりは、近くに古刹《こさつ》があるのを目にし、陽が沈むころに山門の前にもどるよう約して別れた。

半次は、近所は十兵衛にまかせ、すこし離れた場所で聞き込んでみようと思った。佐野屋の前を通り過ぎ、三町ほど先へ行ってから、春米屋の親爺に訊いてみた。親爺は、佐野屋の娘が攫われたことは知っていたが、一味が何人かも知らなかった。半次はすぐに春米屋を出て、しばらく通りを歩いた。

通り沿いに下駄屋があった。同業者なら、くわしいのではないかと思い、店の奥で下駄の台に鼻緒をすげていた親爺に訊いてみた。

「為次郎《ためじろう》さんは、お春ちゃんを眼のなかに入れても痛くないほど可愛がってやしたからねえ。かわいそうに、すっかり気落ちして、店をあけねえ日もあるんですぜ」

初老の親爺が洟《はなみず》をすすりながら言った。ひどく同情している。為次郎は、攫われたお春の父親である。

「それで、人攫い一味のことで、何か知らねえか」

半次は声をあらためて訊いた。

「なんでも、五人と聞きやしたよ」

「五人だと」

思わず、半次は声を大きくした。ひとり多い。お初とおとせを攫った一味とはちがうのであろうか。

「通りかかった夜鷹そば屋の親爺が、見かけたそうですがね。五人いたそうでさァ」

「その親爺は、一味のやつらを見ているのかい」

半次が訊いた。

「見たようですよ。なんでも、駕籠かきがふたりいたそうでさァ。……遊び人ふうの男がふたり。それに、牢人ふうの男がひとりいたそうです」

「牢人がひとりいたのか」

半次は、お初やおとせを攫った四人組に、牢人がひとりくわわっていたのかもしれないと思った。邪魔《じゃま》が入ったときのことも考えて、牢人をひとり同行させたのではあるまいか――。ただ、牢人がくわわっていたとなると、人攫い一味は、金になりそうな娘を攫って女郎屋に売り飛ばすだけのけちな連中ではないかもしれない。

……五人だけじゃァねえな。

半次は、五人に指図している黒幕がいるのではないかと思った。

一味は遊び人ふうの男、駕籠かき、それに牢人。攫った娘も、すでに三人である。娘を攫って売り飛ばすにしては、大掛かりである。それに、岡倉によると、数年前から若い娘が攫われる事件がおきているとのことだった。一味を陰であやつっている大物がひそんでいるのかもしれない。

それから、半次は親爺に牢人や他の四人のことをいろいろ訊いてみたが、それ以上のことは親爺も知らなかった。

半次は下駄屋を出ると、通り沿いのそば屋や一膳《いちぜん》めし屋などに立ち寄り、店の者だけでなく客にも話を訊いてみたが、探索の役に立つような情報は得られなかった。

暮れ六ツ（午後六時）の鐘の音を聞き、半次は慌てて古刹の山門の前に行ったが、まだ十兵衛の姿はなかった。

山門の前でいっとき待つと、十兵衛が小走りにもどってきた。

「半次、待たせたか」

十兵衛が荒い息を吐きながら訊いた。だいぶ、急いで来たらしい。

「あっしも、いま、来たところで。……旦那、歩きながら話しやすか」

すでに陽は沈み、辺りは淡い暮色に染まっていた。遅くなると、紀乃が心配するはずである。

「そうしよう」

ふたりは、山門から離れると、神田川の方へ足をむけた。元鳥越町は神田川を越えた先である。

「半次、何か知れたか」

歩きながら、十兵衛が訊いた。

「人攫い一味は、四人だけではないようですぜ」

半次は、お春を攫った一味に牢人がいたことを話した。

「おれも、牢人のことは聞いたぞ」

十兵衛が半次に顔をむけて言った。

「その牢人のことで、何か分かりやしたか」

「牢人を目にした者から聞いたのだが、遠かったので顔ははっきりしなかったそうだ。……総髪で、痩せていたらしいな」

「………」

それだけでは何者かはっきりしないが、牢人をつきとめる手掛かりにはなるだろう。

そんなやり取りをしながら、半次と十兵衛は、豊島町の町筋を歩いた。すでに、通り沿いの店屋は表戸をしめ、洩れてくる灯もなくひっそりとしていた。通りには、ぽつぽつと人影があった。居残りで仕事をしたらしい職人や大工などが、濃い夕闇のなかを足早に通り過ぎていく。

「お初は、どこにいるんですかね」

半次が町筋の夕闇に目をやりながら小声で言った。

3

……むかしと、変わらねえなァ。

猪吉が、吉原の大門《おおもん》をくぐりながらつぶやいた。

大門を入ると、突き当たりの水道尻《すいどうじり》まで一直線の大通りがつづいている。そこが、仲《なか》の町《ちょう》通りで、両側に引き手茶屋が軒を連ねていた。その引き手茶屋の裏手には、紅殻格子《べんがらごうし》の大見世《おおみせ》、中見世《ちゅうみせ》、小見世《こみせ》がつづいている。

八ツ（午後二時）ごろだが、仲の町通りは客で賑わっていた。昼見世目当ての客が多いようだ。昼見世は九ツ（正午）から夕方七ツ（午後四時）までである。

猪吉は引き手茶屋に目をやりながら、仲の町通りを歩いた。通りの右手は、江戸町一丁目、揚屋町《あげやまち》、京町一丁目とつづいていたが、猪吉は揚屋町に住んでいる文使《ふみづか》いの留吉《とめきち》の家に行くつもりだった。留吉の住む家は、遊女屋の裏手の薄暗い路地裏にあった。

文使いは遊女屋をまわり、遊女の使いを引き受けたり、遊女からあずかった文を船宿にとどけたりする。遊女の文は、船宿を通して客に渡されることが多かった。

……ここだ、ここだ。

猪吉は揚屋町の見覚えのある引き手茶屋の脇にまわった。そこに、細い路地がある。

路地は遊女屋の裏手につづき、薄暗い裏路地の一角に小体な家があった。古い家で、戸口の腰高障子は黄ばんで所々破れていた。留吉の住む家である。

猪吉が戸口まで来ると、腰高障子の向こうから物音が聞こえた。留吉がいるらしい。

「ごめんよ」

猪吉は声をかけてから腰高障子をあけた。

土間の先の座敷に、初老の男が胡座をかいて茶を飲んでいた。留吉である。還暦にちかい老齢で、鬢や髷は真っ白だった。小柄で丸顔、眉が濃く狸《たぬき》のような顔をしている。

「だれでえ」

留吉は、土間に立った猪吉に訝《いぶか》しそうな目をむけた。だれなのか、分からなかったらしい。

「留吉、おれだよ。猪吉だ」

猪吉が懐かしそうな顔をして言った。吉原で妓夫をしていたとき、猪吉は留吉と親しかった。遊女に頼まれた文をとどけたおりに顔を合わせ、しだいに親しく話すようになったのである。ただ、猪吉が吉原を出てから会ったことはなかった。

「猪吉か」

留吉が、しょぼしょぼした目を瞠《みひら》いて言った。

「久し振りだなァ。元気そうじゃァねえか」

猪吉は上がり框に腰を下ろした。

「おめえ、いま、どこにいるんだい」

留吉が訊いた。

「元鳥越町の長屋で、婆さんとふたり暮らしよ」

「おれは、相変わらず女郎相手の独り暮らしだ」

「おれだって、独り暮らしと変わらねえよ」

「しょうがねえ。いまさら、女房はもらえねえからな」

そう言って、留吉は口元に薄笑いを浮かべ、茶を淹《い》れるよ、と言って、腰を上げた。

脇に火鉢があり、鉄瓶《てつびん》がかかっていた。湯が沸いているらしく、湯気がたっている。留吉は土間の隅の流し場から湯飲みを持ってくると、鉄瓶の湯を急須についで茶を淹れた。

その湯飲みを猪吉の脇に置きながら、

「それで、おめえ、吉原《ここ》に女を抱きにきたのかい」

と、上目遣いに猪吉を見ながら訊いた。口元に薄笑いが浮いている。

「女を抱きにきたように見えるかい」

「見えねえ。もう、そんな歳じゃァねえからな」

「お互いさまだ。……ちょいと、訊きてえことがあって来たのよ」

猪吉が声をあらためて言った。

「何を訊きてえ」

「ちかごろ、十歳ぐれえの娘《こ》が売られてこねえかい」

そう言って、猪吉は膝の脇の湯飲みに手を伸ばした。

「娘が売られてくるのは、めずらしくねえ。……半月ほど前にも、二、三人きたようだ。みんな、大見世だがな」

「その娘たちのことで、何か噂は聞いてねえか。娘たちが泣き騒いだとか、いつもとちがう女衒《ぜげん》が連れてきたとか」

猪吉は、お初たちなら、親元から承知の上で売られてきた娘と様子がちがうはずだと思った。

「いや、何も変わったことはねえが」

「その娘たちの名を聞いてるかい」

「名は聞いてねえ」

留吉は猪吉に顔をむけて、何かあったのか、と小声で訊いた。

「実はな。おれの住む長屋の娘が攫われたのよ。お初ってえ名でな、十歳だ」

吉原では、十歳ぐらいで売られてくる娘はすくなくなかった。

「その娘は攫われたのかい」

留吉が念を押すように訊いた。吉原でも攫われた娘が売られてくることは、滅多にない。

「そうだ」

「名はお初か。……聞いてねえなァ」

留吉は首をひねった。

「お初だけじゃァねえんだ。他に、ふたりも攫われてるのよ」

猪吉は、ふたりの娘の名と歳を口にし、

「攫われた娘《こ》たちの両親《ふたおや》が、めしが喉を通らねえほど気落ちしていてな。見ちゃァいられねえのよ」

と、言い添えた。お春とおとせの両親のことは知らないが、気落ちしているにちがいないと思って、そう言ったのである。

「おめえの気持ちも分かるが、そりゃァお上の仕事じゃァねえのか」

「分かってるよ。……でもよ、攫われた娘の居所が分かりゃァ、何か打つ手があるだろうよ。お上に申し上げれば、帰してもらえるかもしれねえしな」

「攫われた三人の娘《こ》は、まだ吉原には来てねえな。考えてみろ。両親から引き離されて無理やり連れてこられた娘は泣きじゃくっていて、しばらく人前には出せねえ。それに、攫われてきたことを話すはずだ。大見世が、そんな娘を高い金を出して買うはずがねえ」

留吉がもっともらしい顔をして言った。

「…………」

猪吉も、留吉の言うとおりだと思った。

それから、猪吉は留吉と世間話をしばらくした後、

「留吉、また寄らせてもらうぜ」

と言い置いて、腰を上げた。

猪吉は仲の町通りを歩きながら顔見知りの妓夫をつかまえ、それとなくお初のことを訊いてみたが、吉原に連れてこられた様子はなかった。

……吉原じゃァねえかもしれねえ。

猪吉は胸の内でつぶやき、大門の方に足をむけた。

4

……半次！　起きろ。半次！

土間で聞こえた声で、半次は目を覚ました。声の主は、十兵衛だった。

半次は眠い目をこすりながら、土間に目をやった。十兵衛と巨体の熊造が立っている。

「何かあったんですかい」

半次は身を起こして訊いた。ふたりは慌てているようだった。何かあったらしい。

「岡っ引きが、殺されたぜ」

熊造が大声で言った。

「だれだい？」

半次は立ち上がった。達造ではないかと思ったのだ。

「峰五郎《みねごろう》ってえ、駒形町《こまがたちょう》の親分だ」

「峰五郎か」

半次は峰五郎を知っていた。浅草寺《せんそうじ》界隈を縄張りにしている岡っ引きで、駒形町に住んでいた。半次と同じぐらいの歳である。

「だれに、殺られたんだい」

半次は寝間着を脱ぐと、急いで座敷の隅に脱ぎ捨ててあった小袖に腕を通した。

「下手人は分からねえが、刀で斬られてるらしいぞ」

熊造が口早に話したことによると、今朝《けさ》、長屋に住むぼてふりの平作《へいさく》が駒形堂の近くを通りかかり、人だかりがしているので覗いてみると、人が殺されていた。集まっていた野次馬たちの話から、殺されているのが岡っ引きの峰五郎だと知り、長屋にもどって熊造に話したという。

「平作はお初が攫われた件とかかわりがあるとみて、知らせてくれたらしい」

十兵衛が言った。

「ところで、いま、何時《なんどき》ごろです」

半次は戸口の腰高障子に目をやりながら訊いた。だいぶ陽は高いらしく、障子の下の方だけが輝いていた。

「もう、五ツ（午前八時）を過ぎている。まったく、いつまで寝てるんだ」

十兵衛があきれたような顔をして言った。

「旦那、朝めしは」

半次は角帯をしめながら土間へ下りてきた。

「朝めしなど、とっくに食った。そろそろ、昼めしだ」

十兵衛が言うと、

「旦那、昼めしはまだ早《はえ》えや」

と、熊造が大口をあけて言った。

「めしのことより、半次、駒形町へ行くのか、行かないのか、どっちだ」

「行きやすよ」

半次は腹がすいていたが、めしは後にしようと思った。ただ、顔は洗いたかった。眠気を醒まさなければならない。

「戸口で待っててくだせえ」

半次はそう言うと、戸口の流し場で水瓶《みずがめ》の水を桶《おけ》に汲《く》み、いそいで顔を洗った。そして、柄杓《ひしゃく》で水を二杯飲んだ。水腹だが、いくらか持つだろう。

「行きやしょう」

半次は先に立った。

後ろからついてきた十兵衛が、半次、めしはいいのか、と小声で訊いた。口では半次をなじっていたが、朝めし抜きではかわいそうだと思ったのかもしれない。

「昼めしまで、我慢しやすよ」

めしは駒形町の様子をみてからだ、と半次は思った。

半次たちは路地を東にむかい、浅草御蔵の前に出た。そのまま奥州街道を北にむかえば駒形町に出られる。

「半次、峰五郎は何を探っていたのだ」

歩きながら、十兵衛が訊いた。

「おれには、分からねえ」

いまは分からないが、殺しの現場に来ているはずの達造か岡倉に訊けば、すぐに知れるだろう。

「刀傷だと言ったな」

十兵衛は熊造に顔をむけて訊いた。

「平作は、そう言ってやした」

「うむ……」

十兵衛は口をつぐみ、それ以上は訊かなかった。

半次たちは浅草黒船町を過ぎて諏訪町《すわちょう》に入った。ここまで来れば、駒形町はすぐである。

いっとき歩くと、前方の家並の間に浅草寺の堂塔が見えてきた。右手に駒形堂があり、大勢の参詣客《さんけいきゃく》や遊山客《ゆさんきゃく》が行き交っている。

半次たちは駒形堂の脇まで来たが、殺しの現場らしいところはなかった。通りかかった船頭ふうの男に訊くと、人が殺されているのは大川沿いの道を川下に一町ほど行ったところだという。

大川沿いの通りに出て駒形堂から離れると、急に人通りがすくなくなった。

「旦那、あそこだ」

熊造が前方を指差して声を上げた。

見ると、大川端に人だかりができていた。通りすがりの野次馬に交じって、岡っ引きらしい男が何人かいた。それに、八丁堀同心の姿もあった。岡っ引きの峰五郎が殺されたと聞いて集まったのだろう。

「岡倉さまだ」

半次が言った。人だかりのなかほどにいる八丁堀同心は、岡倉だった。おそらく、達造もその場にいるにちがいない。

半次は人垣の後ろへ来ると、

「どいてくんな」

と声をかけ、人垣を分けて前に出た。十兵衛と熊造は半次の後についてきた。

岡倉は川岸の叢近くに屈《かが》んでいた。検屍《けんし》をしているのだろう。岡倉は半次の姿を見ると、ちいさくうなずいただけで何も言わなかった。渋い顔をしている。その岡倉の足元に、死体が横たわっていた。峰五郎であろう。

半次が岡倉からすこし離れた場所で死体に目をやっていると、

「半次、見てみろ」

岡倉が顔を上げて、半次に声をかけた。

半次は岡倉の脇へ行って、死体を覗いた。十兵衛と熊造は半次の後ろについて、伸び上がるようにして死体に目をやっている。

峰五郎は岸際の叢のなかに仰向けに倒れていた。目をひらき、口をすこしあけたまま死んでいる。顔が苦悶《くもん》するようにゆがんでいた。肩から胸にかけて、どす黒い血に染まっている。

峰五郎は袈裟に斬られていた。深い傷で、ひらいた傷口から截断された鎖骨が白く覗いている。

「半次！　阿部川町で斬られていた男と同じだぞ」

十兵衛が声を大きくして言った。

その声で、半次と岡倉、それに近くにいた岡っ引きたちが、いっせいに十兵衛に顔をむけた。

「同じ斬り口だ。下手人は、まちがいなく阿部川町で町人を斬った男だ」

十兵衛が断定するように言った。

「旦那、松本屋の盛蔵は辻斬りに殺られたんですぜ」

半次が言った。

「だが、この男を斬ったのは、まちがいなく盛蔵を斬った男だ」

十兵衛が、袈裟の一太刀でこれだけ深く斬り下げるのはむずかしいことを話し、

「それに、太刀筋がそっくりだ。まず、下手人は同じとみていい」

と、強いひびきのある声で言った。

岡倉と何人かの岡っ引きが、十兵衛の話を聞いてうなずいた。それだけ、十兵衛の話には説得力があったのだ。

岡倉は立ち上がると、

「谷崎の旦那、半次、こっちに来てくれ」

そう声をかけ、人垣の外へ出た。岡倉は阿部川町の殺しの現場で、十兵衛が名乗るのを聞いていたのだ。

岡倉は人だかりから離れると、半次と十兵衛が近付くのを待って、

「人に聞かれたくねえんで、来てもらったんでさァ」

と、小声で言った。

「旦那のおっしゃるとおり、峰五郎を斬ったのは阿部川町で松本屋の番頭を斬った下手人と同じらしい。……ですが、辻斬りが御用聞きの峰五郎を狙ったとは思えねえんでさァ」

そう言って、岡倉が戸惑うような顔をした。

「岡倉の旦那、下手人は峰五郎が御用聞きと気付かなかったのかもしれやせんぜ」

半次が言った。

「いや、下手人は峰五郎が御用聞きと知った上で斬ったのだ」

岡倉によると、峰五郎の倒れていたそばに十手が落ちていたそうだ。峰五郎は下手人に襲われたとき、十手を取り出して応戦したとみていい。その十手は、峰五郎の使っている下っ引きの浜吉《はまきち》に渡しておいたという。

「岡倉どの、峰五郎は何を探っていたのだ」

十兵衛が訊いた。

「おとせが攫われた件を探っていたのだ」

岡倉が言った。峰五郎は、縄張りである浅草寺界隈の岡場所や料理茶屋などをあたり、金使いの荒くなった遊び人や地まわりなどを洗っていたという。

「峰五郎が、人攫い一味のことを嗅《か》ぎつけたために消されたとも考えられるが……」

十兵衛が首をひねりながら言った。

「…………」

岡倉も思案するような顔をしていた。辻斬りと人攫い一味がつながらなかったのだろう。

そのとき、半次が、

「岡倉の旦那、人攫い一味には、牢人がひとりいたようですぜ」

と、言った。半次は、お春のことで聞き込んだとき、下駄屋の親爺がしゃべったことを岡倉に話した。

「牢人まで仲間にいたのか」

岡倉の顔に驚きの色が浮いたが、すぐに表情を消し、

「いずれにしろ、一筋縄じゃァいかねえやつらのようだ」

と、低い声で言った。

5

岡倉から離れた半次は、峰五郎の使っていた下っ引きの浜吉を探した。峰五郎が何を探り出したのか訊きたかったのである。

半次は浜吉を知っていた。知っているといっても、話したことはなかった。事件の現場で峰五郎といっしょにいる浜吉を何度か見かけただけである。

横たわっている死体のまわりの人垣に目をやると、浜吉の姿があった。大川の岸近くに立っていた。肩を落とし、悲痛な顔をしている。浜吉は若く、十七、八歳に見えた。すらりとした長身で、面長で切れ長の細い目をしている。

半次は浜吉に近寄った。十兵衛と熊造は、黙って半次に跟《つ》いてきた。この場は半次にまかせるつもりらしい。

「浜吉かい」

半次が声をかけた。

「へ、へい」

浜吉の声は震えを帯びていた。顔が蒼《あお》ざめている。親分の峰五郎が無残に殺され、衝撃を受けたのだろう。

「おめえも、辛《つれ》えだろうな」

半次がしんみりした声で言った。

「は、半次さん、親分を殺したのは、辻斬りですかい」

浜吉が、悲痛な声で訊いた。浜吉も、峰五郎を殺した下手人に思い当たる者はいないようだ。

「そいつを探し出して、お縄にしねえとな。駒形町の親分も浮かばれねえ」

「あっしも、下手人をつきとめてえ」

浜吉が目をつり上げて言った。

「それでな、おめえに訊きてえことがあるんだ」

「……………」

「峰五郎親分は、何を探ってたんでえ」

峰五郎の下っ引きだった浜吉は、何を探っていたか知っているはずである。峰五郎といっしょに聞き込みにまわったこともあるだろう。

「攫われたおとせの件で、浅草寺界隈に的を絞って聞き込んでいやした。あっしも、何度か親分のお供をしてまわったんでさァ」

浜吉によると、茶屋町、並木町、東仲町などの料理茶屋や遊女屋などをまわり、ちかごろ、十歳から十三歳ほどの娘を売りにきた者はいないか、それに、金使いの荒くなった遊び人や地まわりなどはいないか、聞き込んだという。

「いい狙いだ」

半次も、人攫い一味をつきとめるためにあたるのは、そのあたりからだろうと思った。

「それで、何か出てきたのかい」

半次が訊いた。

「それが、まったく出てこねえんでさァ」

浜吉が首を横に振った。

「浅草寺界隈から手を引いたのか」

「へい、聞き込みを諦め、親分は辻駕籠屋をまわり始めやした」

「なに、辻駕籠屋だと」

思わず、半次の声が大きくなった。半次も、辻駕籠屋を探ってみれば何か出てくるかもしれないと睨んでいたのだ。

「それで、何か分かったのか」

半次が身を乗り出すようにして訊いた。

「あっしには、分からねえんで……。それに、親分が辻駕籠屋をまわるようになって、まだ三日しか経ってねえんでさァ」

浜吉によると、峰五郎は浅草寺界隈の辻駕籠屋からまわり始め、諏訪町や阿部川町にも、足を運んだという。浜吉も峰五郎といっしょにまわったことがあるが、そのときは何も出てこなかったそうだ。

「うむ……」

峰五郎は、ひとりでまわったとき、人攫い一味を手繰《たぐ》る手掛かりをつかんだのではないか。それを知った一味の者が、峰五郎を消したのかもしれない。

半次が虚空《こくう》に視線をとめて考え込んでいると、

「半次親分、あっしを手先にしてくだせえ」

浜吉が、思いつめたような顔をして言った。

「よせよ、おれは親分なんかじゃァねえ」

半次が慌てて言った。

「うちの親分が言ってやした。半次さんは、いい親分になるって」

「おれは、八丁堀の旦那から手札ももらっちゃいねえんだ。稼業は屋根葺きだよ」

半次は岡っ引きになる気はなかったし、下っ引きを使うつもりもなかった。それに、長屋住まいのなまけ者では、睨みがきかないではないか。

「半次親分の手を借りて、あっしは、親分を殺した下手人をお縄にしてえんでさァ」

浜吉が半次を見つめ、昂《たかぶ》った声で言った。高揚しているせいか、蒼ざめた顔に朱が差している。

「おめえの気持ちは分かるが、おめえには仕事があるだろう」

半次は、浜吉が捕物《とりもの》のないときは鳶《とび》の仕事をしていることを聞いていた。

「鳶の仕事は、下手人をお縄にしてからやりやす」

浜吉が声を強くして言った。

そのとき、半次と浜吉のやり取りを聞いていた十兵衛が、ふたりの間に割り込ん

できて、

「半次、浜吉を使ってやれ。そうすれば、半次も親分らしくなる」

と、もっともらしい顔をして言った。

「こいつはいいや。ふきよせ長屋の半次親分だ」

熊造が声を上げた。

「よせよ、おれは、親分のがらじゃァねえ。……浜吉、いっしょにやろうじゃァねえか。お互い助け合って下手人をつきとめりゃァいい」

半次が言うと、

「へい、半次親分、恩にきやす」

「親分じゃァねえ。半次と呼んでくんな」

「それじゃァ半次兄い」

「まァ、いいか。……浜吉、明日から辻駕籠屋をまわって峰五郎親分の跡をたどってみるつもりだ。おめえも付き合ってくんな」

「承知しやした」

浜吉が声を上げた。

6

「浜吉とふたりだけで行く気か」

十兵衛が半次に訊いた。

駒形町からの帰りだった。半次、十兵衛、熊造の三人は、元鳥越町の権兵衛店に帰るところだった。

十兵衛は、半次が明日から辻駕籠屋をまわって峰五郎の跡をたどってみると口にしたのを覚えていたらしい。

「ふたりで十分でさァ」

「半次、あぶないぞ」

十兵衛が顔をひきしめて言った。

「……………」

「峰五郎は辻駕籠屋を探り、一味の尻尾《しっぽ》をつかんだために殺された。そうだな」

「そうみてやす」

半次が言った。決め付けられないが、いまのところそれしか考えられなかった。

「ならば、半次たちが一味の尻尾をつかんだら、峰五郎と同じように命を狙われるのではないのか」

「……………！」

十兵衛の言うとおりだった。それに、峰五郎が辻駕籠屋を探り出して日を置かずに殺されたことからみても、一味の目が浅草界隈の辻駕籠屋にむけられているとみなければならない。

「相手は、腕のたつ牢人とみていい。半次、おまえと浜吉で太刀打ちできるのか」

十兵衛が半次に目をむけて訊いた。

「無理でさァ」

「それなら、おれが同行するしかないではないか」

「ですが、旦那がいっしょじゃァ目立つし……」

半次と浜吉だけならともかく、武家の十兵衛がいっしょでは人目を引くだろう。それこそ、人攫い一味にすぐ嗅ぎつけられる。

「ならば、こうしよう。おれは、半次たちからすこし離れて歩こう。それに、編み笠をかぶって顔を隠してもいい」

十兵衛は乗り気だった。半次から、一両もらった手前もあるのだろう。

「まァ、いいか」

半次は、十兵衛がその気になっているので、強く断れなかった。それに、十兵衛の言うとおり、半次と浜吉だけでは峰五郎の二の舞いになる恐れがあったのだ。

半次たちは諏訪町の大川端の通りで、そば屋を見つけて腹ごしらえをした。半次はひどく腹がすいていたので、二人前たいらげた。巨体の熊造も二人前だった。

十兵衛だけは、おれは、そばは一人前でいい、そのかわり酒を一本もらうかな、と小声で言った。

半次は、十兵衛のために酒も頼んだ。酔わない程度の酒ならかまわないだろうと思ったのだ。最初は一本だけと思ったが、三人で六本も飲んでしまった。そのほとんどは、十兵衛が飲んだのである。

金を払ったのは、半次だった。まだ、岡倉からもらった手当てが残っていたのである。

「半次、うまい酒だったな」

十兵衛は満足そうな顔をしてそば屋を出た。酒に強い十兵衛はあまり酔っていなかった。顔がほんのり赤みを帯びていただけである。

翌朝、陽が高くなってから、半次と十兵衛は長屋を出た。これから、浅草にむかうのである。

十兵衛は、どこから引っ張り出したのか、たっつけ袴を穿《は》いていた。着古した物で、よれよれで所々染《しみ》があった。それに、網代笠をかぶっていた。笠は長屋の者から借りたにちがいない。十兵衛は粗末な黒鞘の大小を帯びていることもあって、旅の武芸者のように見えた。

「どうだ、これなら分かるまい」

「旦那と思う者はいねえが、よけい人目を引きやすよ」

「おれが人目を引けば、その分半次たちは気付かれずに済むではないか」

「そうですがね」

目立つが、人攫い一味の探索に来たとみる者はいないだろう、と半次は思い、それ以上何も言わなかった。

半次と十兵衛は長屋を後にし、奥州街道へ出て北に足をむけた。浅草寺界隈の辻駕籠屋からあたってみようと思ったのである。

途中、駒形堂の前で浜吉が待っていた。ここで、待ち合わせることになっていたのである。

「浜吉、駕籠屋に連れていってくんな」

半次が言った。すでに、浜吉は峰五郎とともに辻駕籠屋をあたっていたので、浅草寺界隈の辻駕籠屋のことは分かっているはずである。

「へい、近くからまわりやすか」

「おめえと峰五郎親分で、まわったところはいい。他の駕籠屋をまわろう」

浜吉が人攫い一味に襲われなかったところからみて、峰五郎はひとりでまわった辻駕籠屋から一味を手繰る手掛かりをつかんだはずである。

「花川戸町に、駕籠安《かごやす》ってえ辻駕籠屋がありやす。そこへ行きやすか」

浜吉によると、駕籠安は峰五郎がひとりでまわった店だという。

「よし、駕籠安から行こう」

浅草、花川戸町は駒形町から近かった。浅草寺の東方にあたる町で、大川端の道を川上にむかえばすぐである。

半次と浜吉は、大川端の道を川上にむかって歩いた。十兵衛は半次たちからすこし離れてついてくる。

半次たちは、吾妻橋《あずまばし》のたもとを過ぎて花川戸町に入った。大川端沿いの道は人通りが多かった。近所の住人たちにくわえ、参詣客、遊山客、風呂敷包みを背負った行商人などが行き交っている。

川沿いの道をいっとき歩いたとき、後ろから十兵衛が追いついてきて、

「半次、おれはこの辺りで一休みしていよう。これだけ、人通りがあれば、まず襲われることはないからな」

そう言って、川沿いに目をやった。一休みできる場所を探したらしい。

「あの桜の木の下にいる」

十兵衛が前方の土手を指差した。土手の上に桜が枝葉を茂らせ木陰をつくっていた。その先には大川の川面《かわも》がひろがり、猪牙舟《ちょきぶね》や荷を積んだ艀《はしけ》などが見えた。眺めのいい場所である。

「陽が沈む前にもどりやすよ」

八ツ（午後二時）を過ぎていた。そう長く、待たせることもないだろう、と半次

は思った。

「酒を持ってくればよかったな」

十兵衛は残念そうな顔をして言うと、土手の方に足をむけた。

それから数町歩くと、小店のつづく路地の角に駕籠安があった。駕籠かきはいなかったが、奥の座敷で店の親爺が莨《たばこ》を吸っていたので、まず、峰五郎が店に来たかどうかを訊いた。

「来やしたよ」

親爺はすぐに答えた。親爺によると、峰五郎は店にいたふたりの駕籠かきに話を訊き、すぐに店から出ていったという。

「親分が、何を訊いたか分かるか」

半次が訊いた。

「へい、ちかごろ金まわりのいい駕籠かきはいねえか訊いてやしたよ」

「それで、どう答えた」

やはり、峰五郎はお初たちを乗せた駕籠の駕籠かきを探っていたのだ。

「いねえ、と言いやした。うちの連中は、みんな金がなくてヒイヒイしてまさァ」

「他に、訊かれたことはねえのか」

「それに、駕籠を貸したことがあるか訊かれやした。……ちかごろ、商売用の駕籠を貸したことはねえんで、そう返事しやした」

親爺によると、峰五郎はそれだけ訊くと店から出ていったという。

……駕籠安じゃァねえな。

と、半次は思った。

半次と浜吉は駕籠安を出ると、聖天町《しょうでんちょう》と北馬道町《きたうまみちちょう》に足を運んだ。それぞれの町にあった辻駕籠屋で話を訊いたが、何の収穫もなかった。峰五郎は別の辻駕籠屋でもほぼ同じことを訊いていた。

半次たちは陽が西の家並の向こうにまわったころ、十兵衛の待っている花川戸町の大川端にもどった。

十兵衛は桜の木陰の叢に横になって眠っていた。半次たちが近寄ると目を覚まし、身を起こして伸びをしながら、

「半次、喉が渇いたぞ」

と、声を上げた。酒が飲みたくなったらしい。

7

その日、半次と浜吉は、浅草田原町《たわらまち》に来ていた。東本願寺の東側にひろがる町で、一丁目から三丁目までつづいている。半次たちは、三丁目の東本願寺の裏門近くの裏路地にいた。この近くに、清兵衛店《せいべえだな》という棟割り長屋があり、伝次郎《でんじろう》という遊び人が住んでいると聞いてきたのだ。

半次たちが辻駕籠屋をまわるようになって五日経っていた。一昨日《おととい》、やっと峰五郎がつかんだらしい人攫い一味を手繰る手掛かりが分かったのだ。

半次たちが浅草三間町《さんげんちょう》の駕籠《かご》辰《たつ》という辻駕籠屋に立ち寄って話を聞いたとき、店にいた三五郎《さんごろう》というあるじが、

「駕籠を譲ったことがありやすぜ」

と、口にしたのだ。

半次がくわしい話を訊くと、伝次郎という男が店に来て、一両出すから駕籠を譲ってくれと頼んだそうだ。親爺は、使っていない辻駕籠があったので、すぐに譲っ

たという。

「駕籠を持っていくとき、駕籠かきはどうした」

半次は、空《から》駕籠でも伝次郎ひとりで運ぶのはむずかしいとみたのだ。

「ふたり、いっしょに来てやした。駕籠を担いでいったのは、そのふたりで」

三五郎が言った。

「ふたりの名は分かるか」

「分からねえ。表で待っていたので、ろくに顔も見てねえんでさァ。……駕籠かきでねえことは確かだな」

三五郎によると、ふたりとも遊び人ふうだったという。

半次は、すぐに伝次郎の居所を訊いた。親爺は知らなかったが、店にいた駕籠かきのひとりが、伝次郎なら、東仲町や田原町でよく見かけやすぜ、と口にした。東仲町と田原町は浅草寺の門前通りに近い町である。

さっそく、半次は東仲町と田原町をまわり、界隈を縄張りにしている遊び人や地まわりなどから聞き込んだ。そして昨日、伝次郎の塒が田原町三丁目にある清兵衛店であることをつかんだのだ。

「兄い、清兵衛店はそこですぜ」

浜吉が小体な八百屋の脇にある路地木戸を指差しながら言った。清兵衛店は、八百屋の脇にあると聞いてきたのだ。

半次が念のために八百屋の親爺に訊いてみると、やはり清兵衛店とのことだった。

「親爺、長屋に伝次郎という男がいるかい」

半次が声をあらためて訊いた。

「いやすよ。あいつは、鼻《はな》っ摘《つま》み者《もん》でさァ」

親爺が、顔に嫌悪《けんお》の色を浮かべて言った。

親爺によると、伝次郎は独り者で働きもせず、ぶらぶら遊んでいるという。その上、ならず者といっしょに商家を脅したり、娘を誑《たぶら》かして女郎屋に売り飛ばしたりしているそうだ。長屋の住人たちは伝次郎を恐れ、近付かないようにしているという。

……伝次郎は人攫い一味だ。

と、半次は確信した。

「それで、伝次郎はいまも長屋にいるのかい」

半次が訊いた。

「どうですかね。ここ四、五日、姿を見かけてねえが……」

親爺が首をひねった。

半次は親爺に伝次郎の年格好や人相を訊いておいた。長屋にいるかもしれないのだ。親爺によると、伝次郎は二十四、五歳、中背《ちゅうぜい》で痩せているという。顎がとがり、頬がこけているらしい。

半次は親爺に礼を言って店を出ると、浜吉とふたりで路地木戸をくぐった。伝次郎がいるか確かめようと思ったのである。

路地木戸の先に井戸があった。長屋の女房らしき女がふたり、盥《たらい》を前にして屈み、洗濯をしていた。

半次はふたりに近付き、

「長屋の者かい」

と、声をかけた。浜吉は神妙な顔をして半次の後ろに立っている。

「そうだけど……」

でっぷり太った女が、訝しそうな目で半次を見た。もうひとりは、小柄で肌の浅黒い丸顔の女である。

「この長屋に伝次郎ってえ男がいるな」

「……………！」

　太った女の顔がこわばった。丸顔の女は怯《おび》えたような目で半次を見た。盥につっ込んだふたりの手はとまったままである。ふたりの女は、半次と浜吉を伝次郎の遊び仲間とみたのであろうか。

「なに、てえしたことじゃァねえんだ。伝次郎に、すこし借りがあってな。ちょいと懐が暖《あった》かくなったんで、返しにきたのよ」

　半次は笑みを浮かべて言った。長屋の者に、お上にかかわる者が探りにきたと思われたくなかったので、そう言ってごまかしたのである。

「伝次郎の家は、その棟のとっつきだけど、いま、いないよ」

　太った女が、向かいの棟を指差して言った。顔に嫌悪の色が浮いている。伝次郎は、よほど長屋の住人に嫌われているようだ。

「ちょいと、覗いてくらァ」

　そう言い置いて、半次は井戸端から離れた。浜吉は黙って半次に跟いてきた。

向かいの棟のとっつきの家の脇まで来ると、半次たちは足音を忍ばせて家の前にまわった。腰高障子が破れ、風に揺れていた。だれもいないらしく、家のなかはひっそりとしていた。

半次が障子の破れ目から覗くと、家のなかは薄暗く、人の姿はなかった。座敷の脇に枕屏風が立ててあり、夜具はその陰に畳んであるようだった。粗壁に、小袖と半纏《はんてん》がかかっていた。引っ越したわけではないらしい。

半次と浜吉は家の前を離れ、路地木戸に足をむけた。これ以上、長屋にとどまっていても仕方がない。

路地に出た半次は、西の空に目をやり、

「今日のところは帰《けえ》るか」

と、浜吉に言った。

陽は西の家並の向こうに沈み、茜色《あかねいろ》の残照がひろがっていた。まだ、上空には日中の青さが残っていたが、木陰や家の軒下などには淡い夕闇が忍び寄っている。

「谷崎の旦那は、来てますかね」

浜吉が言った。

「もう、来てるはずだ」

ここ三日、十兵衛は半次たちといっしょに来なかった。来ても聞き込みにはまわれず、長時間待っているのは退屈だったらしい。そこで、十兵衛は半次にその日の行き先を訊き、帰りに人気《ひとけ》のない寂しい道を通るときだけ、迎えにくることになったのだ。十兵衛の狙いは、半次たちの身を守るためもあったが、帰りにそば屋か一膳めし屋かに立ち寄って半次たちと一杯やる楽しみもあったらしい。

今日、長屋を出るおり、半次が十兵衛に、田原町の東本願寺近くに行くと話すと、

「ならば、暮れ六ツ（午後六時）までに、寺の門前に行っていよう。帰りの新堀川沿いの道は、辻斬りの出た物騒なところだからな」

と言い、東本願寺の門前で待っていることになったのだ。

半次と浜吉が東本願寺の方にむかって歩き出したとき、八百屋の脇の木陰に男がひとり立っていた。男は半次たちの後ろ姿に目をやっている。中背で痩せていた。頬がこけ、顎のとがった男である。伝次郎だった。

伝次郎は八百屋の近くまで来たとき、路地木戸から出てくる半次たちの姿を目に

し、咄嗟《とつさ》に木陰に身を隠したのだ。

……やつら、町方の狗《いぬ》にちげえねえ。

と、伝次郎は見てとった。

半次たちが遠ざかると、伝次郎は通り沿いの店の角や木陰などに身を隠しながらふたりの跡を尾《つ》け始めた。

前を行く半次たちは、東本願寺の門前まで来ると網代笠をかぶった武士と何やら話していた。その後、半次たち三人は新堀川にかかる橋を渡り、川沿いの道を阿部川町の方へ足をむけた。

伝次郎はそこまで尾けると、きびすを返し、小走りに田原町の方へもどっていった。

8

半次、浜吉、十兵衛の三人は、新堀川沿いの道を南にむかって歩いていた。辺りは暮色に染まり、通りの人影はまばらだった。通り沿いの店屋は店仕舞いして表戸をしめている。静かな夕暮れどきだった。新堀川の流れが汀《みぎわ》の石垣を打ち、絶え間ない水音をひびかせている。

半次たちは町家のつづく阿部川町を過ぎ、武家屋敷のつづく通りを歩いていた。そのとき、新堀川の対岸の川沿いの道をふたりの町人が足早に歩いていた。さらに、そのふたりから十間《けん》ほど間をおいて、ふたりの牢人の姿があった。四人は対岸を歩いている半次たちを追い越していった。

半次たちは、四人に気付かなかった。夕暮れどきであったし対岸だったので、目にしたとしても意識しなかったかもしれない。

武家屋敷のつづく通りを抜け、半次たちは門前町に入った。ここまで来ると、権兵衛店のある元鳥越町はすぐである。

そのとき、ふいに川岸に植えられた柳の陰からふたりの男が通りに出てきた。町人と武士である。武士は牢人体《てい》だった。袴の股《もも》だちを取り、黒鞘の大刀を一本落とし差しにしている。

牢人は頭《ず》巾《きん》をかぶって顔を隠していた。町人も、手ぬぐいで頰《ほ》っかむりしている。

ふたりは、半次たちの行く手をふさぐように道のなかほどに立った。

「半次、あらわれたぞ」

十兵衛が半次たちの前に出て、かぶっていた網代笠をとった。刀をふるうのに邪魔だったのだ。

半次も懐から十手を取り出した。浜吉も十手を手にしたが、顔がこわばり体が顫《ふる》えている。

「あ、兄い！　親分を殺ったのは、こいつらにちげえねえ」

浜吉が目をつり上げて言った。

「そうかもしれねえ」

半次も、峰五郎を襲ったのは、このふたりではないかと思った。

とそのとき、右手の通り沿いの店の脇から、別の人影が飛び出してきた。ふたり。すばやい動きで半次たちの後ろへまわり込んできた。ひとりは町人、もうひとりは牢人体の武士である。やはり、町人は手ぬぐいで頬っかむりし、牢人は頭巾をかぶっていた。

「他にも、いやがった！」

半次が声を上げた。

四人で、半次たちを待ち伏せていたのである。

十兵衛はすばやく、ふたりの牢人に目をやった。腕のほどを見ようとしたのだ。

前方に立ちふさがった牢人は、がっちりした体軀だった。胸が厚く、首が太かった。どっしりした腰をしている。

……こやつ、遣い手だ！

十兵衛は察知した。牢人の体は、一目《ひとめ》で武芸の修行で鍛えたものであることが知れた。それに、身辺に隙《すき》がなかった。もうひとり、背後にまわり込んできた牢人は痩身《そうしん》だった。身辺に殺気があったが、それほどの遣い手ではないようだ。

ふたりの牢人は刀の柄《つか》に右手を添えていたが、まだ抜いていなかった。町人ふたりは、匕首《あいくち》を手にしている。胸の前に構えた匕首が、夕闇のなかににぶくひかっていた。狼の牙のようである。

四人とも、殺しに慣れた者たちのようだ。

十兵衛は抜刀し、八相に構えた。

……このままでは、皆殺しになる！

と、十兵衛は思った。相手が牢人ひとりならなんとかなるが、牢人がふたり、さらに匕首を手にした町人がふたりである。半次は十手の遣い方が巧みだが、それでも牢人には太刀打ちできないだろう。

逃げるしかない、と十兵衛は思った。

すばやく辺りに目をやると、三軒先の足袋屋《たびや》の脇に細い路地があった。十兵衛はこの辺りのことをよく知っていた。元鳥越町につづく裏路地である。路地沿いには、小体な店や表長屋などが軒を連ね、何人もで取りかこんで襲う道幅はない。十兵衛は路地に逃げ込もうと思った。

「半次、浜吉、足袋屋の脇の路地へ走れ！」

叫びざま、十兵衛は前から近付いてくる牢人にむかって疾走した。

半次と浜吉も走り出した。ふたりの足は速かった。それに、動きが俊敏である。

がっちりした体軀の牢人が、足をとめて抜刀した。一瞬、戸惑うような動きを見せたが、すぐに八相に構えた。牢人は、十兵衛たち三人が自分たちの方へむかって駆け寄ってくるとは思わなかったのだろう。

牢人の脇にいた町人が、

「来やがった！」

と叫んで、手にした匕首を前に突き出すように構えた。

イヤアッ！

十兵衛は裂帛《れっぱく》の気合を発し、牢人に迫った。気合と気魄《きはく》で、牢人を威圧しようと思ったのである。

だが、牢人は動じなかった。両腕を上げ、刀身を垂直にとり、切っ先で天空を突くように高く構えている。

……袈裟にくる！

走り寄りざま、十兵衛は察知した。十兵衛の脳裏に、深く袈裟に截断された番頭の盛蔵と峰五郎の刀傷が浮かんだ。脳裏の隅に、ふたりはこの牢人に斬られたのではないかとの思いがよぎった。

一気に、十兵衛と牢人の間合が狭まった。

一足一刀の間境に迫るや否や、牢人の全身に斬撃の気がはしった。

タアリヤッ！

鋭い気合とともに牢人の体が躍り、閃光《せんこう》がはしった。

八相から袈裟に。稲妻のような斬撃だった。

間髪をいれず、十兵衛は走りざま八相から袈裟に払った。敵が袈裟にくると読んでいたので、斬撃を払い落とそうとしたのである。

ギーン、という重い金属音がひびき、青火が散って、ふたりの刀身がはじき合った。次の瞬間、十兵衛の腰がくずれてよろめいた。

凄《すさ》まじい斬撃だった。

十兵衛は敵の斬撃をはじいたが、剛剣に押されたのだ。

すかさず、牢人が二の太刀をふるった。体をひねりながらふたたび袈裟に。迅速な連続斬りである。

十兵衛はすばやく体勢をたてなおし、牢人の脇をすり抜けるように前に走った。牢人の斬撃を受ける間がなかったのである。

パサッ、と十兵衛の着物の肩先が裂けた。牢人の切っ先が、とらえたのである。だが、切っ先は肌までとどかなかった。

十兵衛は牢人の脇を走り抜けた。懸命に走った。ここは、逃げるしか手はなかったのである。半次と浜吉も、通りの端へまわり込みながら逃げた。

「逃げるか！」

牢人が反転して走り出した。

そばにいた町人と、背後から走ってきたふたりも十兵衛たちを追ってきた。

先に半次と浜吉が路地に走り込み、十兵衛がつづいた。四人の敵も、路地に駆け込んできた。

先に路地に走り込んだ半次が、路傍に鶏卵ほどの石が転がっているのを目にし、拾い上げると、

「これでも、食らえ!」

と叫びざま、十兵衛の背後に迫っていた牢人にむかって投げた。

咄嗟に牢人は足をとめてかわそうとしたが、石は股だちをとった袴の裾に当たって足元に落ちた。それほどの痛みはないようだった。牢人はふたたび駆け出したが、十兵衛との間は大きくひらいていた。

牢人は足をとめた。刀をひっ提げたまま十兵衛の背に目をむけている。

一方、匕首を手にした男はさらに十間ほど走ったが、牢人が追うのを諦《あきら》めたことを知って足をとめた。背後からきたふたりも、それ以上追ってこなかった。

十兵衛は牢人たちが立ちどまってから半町ほど走り、足をとめて振り返った。

「な、なんとか、逃げられた……」

十兵衛が、荒い息を吐きながら言った。急に走ったために、息が苦しいらしい。

「や、やつらが、親分を殺したのだ！」

浜吉が叫んだ。顔が赭黒く染まり、目がつり上がっている。

「谷崎の旦那、牢人がふたりもいやしたぜ」

半次が言った。

「厄介な相手だ。下手《へた》に動くと、おれたちが皆殺しだぞ」

十兵衛の顔もこわばっている。

第三章　女衒の政

1

半次の家に、長屋の男たちが集まっていた。部屋の隅に置かれた行灯の灯に、七人の顔が浮かび上がっている。半次、十兵衛、熊造、猪吉、忠兵衛、浜吉、それに磯吉だった。娘のお初を攫われた磯吉は、半次たちが娘の監禁場所を探して助け出そうとしているのを知って、

「あっしも、仲間にくわえてくだせえ」

と、言い出したのだ。父親としては、居ても立ってもいられなかったのだろう。

お初が攫われて二十日ほどになるが、いまだにお初の居所も人攫い一味の正体もつかめていなかった。ただひとり伝次郎だけ名と塒をつかんだが、その日のうちに伝次郎は塒だった清兵衛店から姿を消してしまった。

その後、半次たちは浅草田原町から浅草寺界隈まで聞き込みにまわったが、伝次郎の行方《ゆくえ》は知れなかったのだ。

この日、半次たちはこれまで探ったことを出し合って、今後どうするか相談するために半次の家に集まったのである。

男たちの顔には暗い翳《かげ》が張り付き、座敷は重苦しい雰囲気につつまれていた。

座敷に胡座をかいた男たちの前には貧乏徳利と湯飲み、それに煮染《にしめ》や漬物の入った小鉢や皿が並んでいた。貧乏徳利には酒が入っている。長屋のお寅や女房たちが、半次たちがお初を助け出すために集まって相談すると知って用意したものだ。長屋の女たちも、お初を助け出すために何かしたかったのである。

だが、いつもの酒盛りとちがって、なかなか酒はすすまなかった。お初の監禁場所をつきとめる手掛かりさえなかったからだ。酒好きの十兵衛だけが気兼ねしながら、ときどき湯飲みをかたむけている。

「半次、町方の動きはどうだ」

十兵衛が重い声で訊いた。

半次の家に男連中が集まると、自然と十兵衛がまとめ役になる。十兵衛が武士だったこともあるが、剣の腕がたち、しかも手跡指南所で手伝いをしていたこともあって、それなりに信頼されていたのだ。

十兵衛の声で、集まった男たちの顔が、半次に集まった。長屋の男たちは、半次が八丁堀同心の手先として事件を探っていると知っていたのだ。

「まだ、何もつかんじゃァいねえ」

半次は、ときどき岡っ引きの達造に会い、町方の探索の様子を訊くとともに半次がつかんだことも達造を通して岡倉に伝えていた。むろん、大事なことは半次が岡倉に直接会って知らせることにしていた。

町方は、吉原と浅草、深川辺りの岡場所をあたり、攫われた娘たちが売られてこなかったか探ったようだった。達造の話では、まだ遊女屋に攫われた娘たちが連れてこられた様子はないという。さらに、町方は遊び人や地まわりなどから、ちかごろ金使いの荒くなった者はいないか聞き込んだらしいが、人攫い一味につながるような手掛かりはつかんでいないようだった。

「町方も、八方ふさがりか」

十兵衛がそう言って、膝先の湯飲みに手を伸ばした。

「谷崎どの」

ふいに、忠兵衛が声を上げた。

「な、なんだ」

慌てて十兵衛が、湯飲みに伸ばした手をひっ込めた。一瞬、酒を飲もうとしたのを咎められると思ったのかもしれない。

「わしは、吉原でな、女衒の政蔵《まさぞう》という男の噂を聞いたのだ」

忠兵衛がそう切り出すと、脇にいた猪吉が、

「あっしも、女衒の政の噂は聞いたことがありやすよ」

と、口をはさんだ。ふたりは、吉原に出かけて探っていたのである。

「それで、女衒の政がどうしたのだ」

十兵衛が、そっと湯飲みに手を伸ばした。

「わしが聞いた話ではな、仲間の女衒に、ちかごろ若い上玉《じょうだま》を三人ほど手に入れたと話していたそうじゃよ」

「若い上玉を、三人だと」

十兵衛が湯飲みを手にしたまま聞き返した。

「そうじゃ、攫われた三人の娘のことではないかな」

「おい、女衒の政を締め上げりゃァ、お初の居所も知れるぞ」

熊造が大声で言った。

「それで、政蔵の塒は分かっているのか」

十兵衛が訊いた。

「遊女たちに訊いたのだがな。政蔵がどこに住んでいるか、だれも知らなかった。

それに、政蔵は、ここしばらく吉原にも顔を出してないというのだ」

忠兵衛は、遊女屋をまわり女たちに頼まれて吉凶や心にとめた客との行く末など
を占いながら、それとなく政蔵のことを訊いたという。

「それでは、政蔵の塒をつきとめるのは容易ではないな」

そう言って、十兵衛は湯飲みをかたむけた。

「谷崎の旦那、政蔵は川向こうの竹町に住んでると聞いたことがありやすぜ」

猪吉が言った。

川向こうというのは、大川の対岸の本所《ほんじょ》である。竹町は、吾妻橋を渡ってすぐな
ので、本所といっても吉原や浅草寺界隈と近かった。

「猪吉、竹町を探ってくれんか。政蔵は人攫い一味と何かかかわりがありそうだ」

十兵衛が言った。

「ようがす。やりやしょう」

そのとき、黙ってやり取りを聞いていた磯吉が、

「あっしも手伝わせてくれ」

と、身を乗り出すようにして言った。顔に思いつめたような表情がある。

「磯吉も、猪吉といっしょに政蔵を探ってくれ。……だが、無理をするなよ。焦《あせ》って探っていることを気付かれると、かえってお初を連れ戻すのが遅くなるからな」

そう言って、十兵衛は男たちに目をやった。

「へ、へい……」

磯吉が涙声で言った。磯吉は、お初のことが心配でならないのだ。

「半次はどうだ。何か知れたか」

十兵衛が半次に顔をむけて訊いた。半次と浜吉は伝次郎が田原町の長屋から姿を消した後、伝次郎の行方を追い、田原町と界隈の町をまわって聞き込んでいたのだ。

「ひとつだけ、手掛かりがありやした」

半次が言った。

「なんだ?」

「伝次郎の情婦《いろ》でさァ。おりきという名で、西仲町で小料理屋をやってるらしいんで」

西仲町も、田原町と隣接する町である。

半次と浜吉は、西仲町の飲み屋に立ち寄って伝次郎のことを聞き込んだとき、おりきのことを耳にしたのだ。

「半次と浜吉は、伝次郎の情婦を探ってみるか」

「そうしやす」

半次はすぐに答えた。その気でいたのである。

その後、忠兵衛はひきつづき吉原を探ることになり、熊造は今後の状況によって、半次たちか猪吉たちにくわわることになった。

一通り話が済んだところで、

「いいか、一味に探索してることが知れると、命はないぞ。一味には腕の立つ牢人がふたりもいてな、すぐに襲ってくる。それから、明るい内に長屋へもどれよ」

十兵衛が男たちを見まわして言った。十兵衛が、すっかり長屋の男たちのまとめ役になっている。

2

半次と浜吉は、西仲町の路地を歩いていた。そこは表通りからすこし入ったところで、縄暖簾を出した飲み屋、小料理屋、そば屋、一膳めし屋など、飲み食いする店が軒を並べていた。人通りも多く、職人、店者《たなもの》、遊び人ふうの男、近所の女房らしい女などが行き交っている。

「兄い、もみじ屋はこの辺りのはずですぜ」

浜吉が路地沿いの店屋に目をやりながら言った。

半次たちは、伝次郎の情婦のおりきの店の名がもみじ屋で、この辺りにあると訊いてきたのだ。

「だれかに、訊いてみるか」

半次は、闇雲に探しまわるより近所の住人に訊いた方が早いと思った。

「その八百屋がいいな」

小体な八百屋があった。店先で親爺が大根を並べている。

半次が親爺にもみじ屋のことを訊くと、すぐに分かった。一町ほど先に一膳めし屋があり、その斜向かいがもみじ屋だという。

行ってみると、小料理屋らしい店があった。小体な店だが戸口は格子戸で、脇に掛け行灯があった。小綺麗《こぎれい》な店先である。掛け行灯に、もみじ屋と記してあった。

半次たちはゆっくりした足取りで、もみじ屋の前を通り過ぎた。店先に暖簾が出ていたが、ひっそりとしていた。まだ、客はいないのかもしれない。

半次たちはしばらく歩いてから路傍に足をとめた。

「兄い、どうしやす」

浜吉が訊いた。

「ともかく、近所で聞き込んでみるか」

いまのところ、伝次郎の塒をつきとめる手掛かりはもみじ屋しかなかった。手間がかかっても、もみじ屋から手繰るしか手はない。

半次たちは、さらに一町ほど路地を歩いてから聞き込みを始めた。もみじ屋に近いところでは、おりきや伝次郎の耳に入る恐れがあったのだ。

半次と浜吉は、路地沿いの店屋に立ち寄り、それとなくおりきと伝次郎のことを訊いた。その結果、おりきはもみじ屋の女将《おかみ》で、伝次郎らしき男が出入りしていることが分かった。ただ、ちかごろ伝次郎らしい男の姿はあまり見かけないという。

「さて、どうするか」

半次と浜吉は、商いをやめたらしい朽ちかけた店の軒下にいた。

陽は家並の向こうに沈みかけていた。半刻（一時間）もすれば、暮れ六ツ（午後六時）の鐘が鳴るのではあるまいか。

「もみじ屋に入ってみやすか」

浜吉が訊いた。

「そいつはできねえ」

客を装って店に入り、それとなくおりきから話を訊くことはできるかもしれないが、その場に伝次郎が牢人といっしょに入ってきでもしたら、半次たちの命があやうくなるだろう。それに、また伝次郎に逃げられてしまう。

「辛抱強《しんぼうづよ》くやるしかねえなァ」

半次は、しばらくもみじ屋を見張ってみようと思った。伝次郎があらわれたら、跡を尾けて塒を確かめるのである。

半次たちは路地沿いにあった一膳めし屋で、腹ごしらえをしてからもみじ屋の近くにもどった。長丁場になるとみたのである。

半次は路地に目をやり、張り込みの場所を探した。もみじ屋の店先が見えて、身が隠せる場でなければならない。

「あの瀬戸物屋の脇がいいな」

もみじ屋から、二十間ほど離れた向かい側に小体な瀬戸物屋があった。

まだ、店はひらいていたが、店先にはあまり品物が並んでいなかった。客の姿もない。瀬戸物屋と隣店との間は狭い空き地になっていて、つつじが植えてあった。そのつつじの陰にまわれば、身を隠すことができそうだ。すこし遠いが、もみじ屋の店先も見えるだろう。

半次と浜吉は、つつじの陰にまわった。いっときすると、暮れ六ツ（午後六時）の鐘がなり、路地沿いの店のいくつかは、表戸をしめ始めた。瀬戸物屋も店仕舞いするらしく、引き戸をしめる音が聞こえてきた。

路地沿いの飲み屋、小料理屋、そば屋などの店は、まだひらいていた。路地には人影もあり、一杯やりにきた職人や大工などの姿が目立つようになってきた。

半次たちが、その場に身をひそめてから、ひとり、ふたりともみじ屋に客が入っていった。だが、伝次郎らしい男の姿はなかった。

「兄い、伝次郎は姿を見せやせんね」

「辛抱するしかねえ。……そのうち、姿を見せるさ」

それから、一刻（二時間）ほど経った。路地の人影はすくなくなり、飲み屋や小料理屋などの灯《ひ》だけが目立つようになってきた。

「無駄骨だったようだな」

半次がつぶやくような声で言った。伝次郎は来ないようである。

諦めて、つつじの陰から出ようとしたとき、もみじ屋の格子戸があいて、小店の旦那ふうの男が年増といっしょに出てきた。年増は、おりきらしい。旦那ふうの男は一刻ほど前に店に入った客である。

男はおりきに見送られ、表通りの方にむかって歩き出した。酔っているらしく、すこし足元がふらついている。

……あの男に様子を訊いてみるか。

と思い、半次はつつじの陰から通りに出た。

半次は浜吉に、後からこい、と指示して男に近付いた。ひとりの方が、話が訊きやすかったのである。

「旦那、ちょいと待っておくんなせえ」

半次が後ろから声をかけると、男はギョッとしたように立ちすくんだ。追剝《おいは》ぎにでも、声をかけられたと思ったのかもしれない。

男は五十がらみと思われた。顔の浅黒い、瘦せた男である。

「すまねえ、脅かしちまったようだ」

半次は男の脇にまわって、頭を下げた。

男のこわばった顔がゆがんだようにくずれ、ひとつ大きく息を吐いた。胸の動悸《どうき》を鎮めようとしたようだ。

「ちょいと、訊きてえことがありやしてね。足をとめさせちゃァ、もうしわけねえ。歩きながらで結構でさァ」

そう言って、半次はゆっくりと歩き出した。

「な、何を、訊きたいんだ」

男の声は、すこしとがっていた。

「旦那が、もみじ屋から出てきたのを見やしてね」

「それが、どうかしたかね」

男も、半次の歩調に合わせて歩き出した。

「ちょいと、おりきさんのことで……」

半次は照れたような笑いを浮かべた。

「女将のことか」

「へい、むかし、世話になったことがありやしてね。……店に寄ってみるつもりだったんだが、嫌なことを小耳に挟んだもので」

「嫌なこととは何だね」

男が訊いた。半次にむけられた目に、好奇の色があった。半次の話に興味をもったらしい。

「情夫《いろ》でさァ。……おりきさんに、いい男ができたとか聞きやしてね」

「伝次郎のことか」

男が急に声をひそめて言った。

やはり、伝次郎はおりきの情夫のようだ。

「そうでさァ。……店を覗いてみてえんだが、情夫と鉢合わせをすると、まずいんでね」

「店に伝次郎はいなかったぞ」

男が言った。

「やつは、店によく来るんですかい」

「おれもくわしいことは知らねえが、四、五日に一度ぐれえくるかもしれねえな」

「それで、何時ごろ来やす」

半次は、伝次郎が店に来るころに合わせて見張るつもりだった。

「陽が沈んでから一刻（二時間）ほどして来ることが多いようだぞ」

「店に来たときは、泊まっていくんですかい」

「そこまでは、おれも知らねえが……。泊まることもあるだろうよ」

そう言って、男は口元に卑猥《ひわい》な笑いを浮かべた。伝次郎とおりきの濡《ぬ》れ場《ば》でも思い浮かべたのだろう。

　半次はそれ以上男から訊くこともなかったので、

「ちょいと、店を覗いてみるかな」

　と言って、足をとめた。

「おりきさんは、諦めた方がいいよ。伝次郎は真っ当な男じゃァねえからな」

　男はそう言い置くと、すこし足を速めて半次から離れていった。

3

　浜吉が声を殺して言った。

「兄い、やつだ！」

　伝次郎らしき男が、もみじ屋の戸口に近付いてきた。棒縞《ぼうじま》の小袖を裾高に尻《しり》っ端折《ぱしょ》りしている。夜陰のなかに、両足が白く浮き上がったように見えた。

　そのとき、半次と浜吉は瀬戸物屋の脇のつつじの陰にいた。五ツ（午後八時）ごろだった。辺りは夜陰につつまれている。

男がもみじ屋の店先に立ったとき、掛け行灯の灯に顔が浮かび上がった。頬がこけ、顎がとがっている。

「伝次郎だ。まちげえねえ」

半次は、その顔に見覚えがあった。

伝次郎は慣れた様子で格子戸をあけて店のなかに入った。

「やっと、お出ましだな」

半次たちが、もみじ屋から出てきた男に話を訊いてから三日経っていた。三日とも、この場に張り込んで伝次郎が姿をあらわすのを待っていたのである。もっとも、暮れ六ツ（午後六時）を過ぎてからこの場に来て一刻（二時間）ほどしかいなかったので、それほど辛《つら》い張り込みではなかった。

「兄い、どうしやす」

浜吉が訊いた。半次にむけられた目が、夜陰のなかで青白くひかっている。

「やっと尻尾をつかんだんだ。手放すわけにはいかねえ」

半次はそう言ったが、はたして伝次郎は今夜のうちに帰るのか明日になるのか分からなかった。

「とにかく、一刻ほどここで待ってみよう。やつが出てこなければ、明日の朝、出直すんだ」

面倒だが、それしか手はないと思った。

伝次郎がもみじ屋に入ってから一刻ほど過ぎたが、伝次郎は店から出てこなかった。

「今夜は、泊まるかもしれねえなァ」

半次は、諦めて明朝出直そうと思った。今夜はこのまま権兵衛店に帰り、一眠りしてからこの場に来るのである。

「浜吉、どうだ、今夜はおれのところに泊まらねえか」

浜吉の家は諏訪町にあった。棟割り長屋に、年老いた母親と兄と三人で住んでいる。兄は錺職《かざりしょく》だと聞いていたが、半次はまだ会ったことがなかった。

「へい、兄いさえよければ……」

浜吉が首をすくめて照れたような笑いを浮かべた。

そのとき、ふいに浜吉の顔から笑いが消え、もみじ屋にむけられた目が瞠《みひら》かれた。

「やつだ！　出てきた」

浜吉がうわずった声で言った。

もみじ屋の格子戸があき、伝次郎とおりきが戸口に出てきたところだった。ふたりは戸口で足をとめ、何やら言葉をかわしていた。おりきの白い歯が見えた。笑ったらしい。伝次郎が剽《ひょう》げたことでも口にしたのかもしれない。

伝次郎は路地に出ると、表通りの方に足をむけた。おりきは伝次郎の後ろ姿に目をやっていたが、その姿が店先から遠ざかると、きびすを返して店にもどった。

「浜吉、尾けるぜ」

「へい」

ふたりはつつじの陰から路地に出た。

伝次郎は半町ほど先にいた。その後ろ姿が、月光のなかにぼんやりと見えた。半次と浜吉は足を速めて、伝次郎との間をつめた。

半次たちは尾行のことも考えて闇に溶ける黒っぽい装束《しょうぞく》できていたので、足音さえ立てなければ、かなり近付いても尾行に気付かれる恐れはなかった。それでも、半次たちは木陰や通り沿いの家の軒下などをたどりながら跡を尾けた。

伝次郎は表通りを南にむかって歩いていく。町筋は深い夜陰につつまれていた。

通り沿いの店は表戸をしめて、ひっそりと寝静まっている。

伝次郎は人影のない通りのなかほどを歩いていた。その姿が月のひかりに照らし出されている。

やがて、伝次郎は三間町に入った。三間町の町筋を抜けると、すこし通りが狭くなった。この辺りは、福川町である。通り沿いには大店《おおだな》がすくなくなり、小店がつづくようになった。長屋につづく路地木戸や仕舞屋《しもたや》なども目につく。

伝次郎は路地木戸の前で足をとめ、木戸のなかに入っていった。

「ここが、やつの塒だぜ」

半次と浜吉は小走りに路地木戸にむかった。

長屋につづく路地木戸だった。伝次郎は塒にしている長屋に帰ったらしい。

「兄い、伝次郎はこの長屋に住んでるんですかね」

浜吉が腑《ふ》に落ちないような顔をした。

「そうだと思うが……」

半次も、妙だな、と思った。伝次郎は、まだ田原町の清兵衛店から出たばかりである。こんなに早く次の長屋を見つけて、住めるようになるわけがない。

「ともかく、明日、近所で聞き込んでみるか」

半次は通りの左右に目をやった。目印になる店を探したのである。

斜向かいに足袋屋があった。店はしめてあったが、軒下に足袋の看板が見えたのである。

半次たちは、権兵衛店に帰った。そして、翌朝、四ツ(午前十時)ごろになってから長屋を出た。昨夜遅かったこともあり、すこし寝過ごしたのだ。もっとも、半次が寝過ごすのはめずらしいことではない。

「兄いは、なまけの半次と呼ばれてるそうですね」

浜吉が上目遣いに半次を見ながら訊いた。口元に薄笑いが浮いている。

「だれから聞いた」

「お寅さん」

「お寅婆さんか」

今朝、お寅が半次の家に顔を出し、どうせ朝めしの支度はしてないんじゃろう、と言って、ふたり分の握りめしをとどけてくれたのだ。そのとき、浜吉はお寅と話していたので、耳にしたのだろう。

「なまけの半次より、ねぼけの半次の方が合ってやすがね」

浜吉がニヤニヤ笑いながら言った。

「いらぬことを言うな」

半次は渋い顔をして言うと、すこし足を速めた。

半次と浜吉は、昨夜目印にしておいた足袋屋の前まで来ると、あらためて路地木戸に目をやった。棟割り長屋らしい。

足袋屋の店先に丁稚《でっち》らしい若い男がいたので訊くと、仁蔵店《にぞうだな》とのことだった。それとなく伝次郎のことを訊いてみたが、若い男はまったく知らなかった。

半次たちは通りを歩き、八百屋や魚屋など小体な店に立ち寄って話を訊いてみた。大店より、近くの住人と接している小店の方が伝次郎のことを知っているとみたのである。

三店目の八百屋の親爺が、伝次郎のことを知っていた。

親爺は半次から伝次郎の人相を聞いた後、

「そいつは、ちかごろ豊造《とよぞう》のところへ転がり込んだ男ですよ」

と、言った。

「豊造は何をしている男だ」

半次は、初めて聞く名だった。

「半月ほど前まで、駕籠かきをしてたようですがね。いまは、やめてぶらぶらしてるようでさァ」

「なに、駕籠かきだと」

思わず、半次の声が大きくなった。

……豊造も一味だ！

半次は確信した。娘たちを攫うときに使った駕籠を担いだひとりは、豊造であろう。

半次は豊造の年格好や人相を訊いた。豊造を捕らえてたたけば、お初たちを運んだ先が知れるはずだ。

4

その夜、半次の家に、五人の男が集まった。半次と浜吉、それに十兵衛、熊造、磯吉の三人である。忠兵衛と猪吉には声をかけなかった。伝次郎か豊造を捕らえる相談をするつもりだったが、忠兵衛たちは年寄りだったので荒っぽい仕事は無理なのだ。

「伝次郎の居所をつかみやしたぜ」

半次がそう前置きし、伝次郎が豊造という男の長屋にもぐり込んでいることを話した。

「豊造という男は何者だ」

すぐに、十兵衛が訊いた。

「豊造も仲間のひとりにちげえねえ」

半次は、豊造が駕籠かきだったことを言い添えた。

「お初たちを運んだひとりか」

「そうみてやす」

「これで、一味のふたりの塒が分かったわけだな」

十兵衛が、虚空を睨むように見すえて言った。

「豊造をつかまえて吐かせれば、お初たちの居所が知れるかもしれねえ」

半次が言った。

「よし、豊造をつかまえよう」

「伝次郎はどうしやす」

浜吉が訊いた。

「いっしょにつかまえたいが、おれたちだけでは取り逃がすかもしれんな」

十兵衛が、斬り捨てるならともかく、ここにいる五人だけでふたりを捕らえるのはむずかしいことを話した。

「半次、町方の手を借りたらどうだ」

熊造が胴間声《どうまごえ》で言った。

「岡倉さまに話せば、すぐに捕方《とりかた》を出すだろうが、捕らえた伝次郎と豊造は町方が吟味することになるぜ」

半次は、岡倉に話すことも考えたが、先に自分たちでつかまえ、お初の居所を吐かせて助け出す手筈《てはず》がととのってから岡倉に身柄を渡そうと思ったのだ。

人攫い一味は伝次郎と豊造が町方に捕縛《ほばく》されて吟味されていると知ったら、町方の手が自分たちに及ぶ前に江戸から逃走するかもしれない。逃げるさい、お初たちをどうするか。江戸から連れ去るか、そうでなければ後腐れのないように殺してしまう恐れもある。そうなる前に、半次はお初たちを助け出したいと思ったのだ。

半次がそのことを話すと、

「半次の言うとおりだ。おれたちは人攫い一味を捕らえるより、お初を助け出すことが先だからな」

十兵衛が語気を強くして言った。

「す、すまねえ。恩にきやす」

やり取りを聞いていた磯吉が、涙声で言った。長屋の男たちが、お初を助け出すことを最優先してくれる気持ちが嬉《うれ》しかったのだろう。

「ともかく、豊造をつかまえてお初たちの監禁場所を吐かせよう。伝次郎は後でもいい」

「みんなで、やつの長屋へ押しかけやすか」

熊造が勢い込んで言った。

「それはできん。そんなことをしたら、長屋中、大騒ぎになるぞ。そのどさくさに、ふたりとも逃げられてしまう」

十兵衛が渋い顔をして言った。

「豊造が、長屋から出たところをつかまえやしょう。伝次郎がおりきのところに出かけたときに、伝次郎の名で呼び出す手もありやすぜ」

半次が言うと、

「そいつはいい」

と、熊造がまた声を上げた。

「捕らえた豊造だが、どうやって長屋まで連れてくるかな」

十兵衛が男たちに目をやって訊いた。町方に気付かれないように連れてこなければならない。

「おれが、担いできてもいいぞ」

と、熊造。

「目立っていけねえ」

巨漢で、強力の熊造なら縛り上げた豊造を担いで帰れないこともないが、それこそ人目を引いて大騒ぎになるだろう。かといって、人の寝静まった夜更けに豊造を呼び出すことはむずかしい。

「駕籠を使ったらどうですかね」

　磯吉が小声で言った。

「駕籠だと」

「人攫い一味と同じ手を使うのか」

　半次が訊いた。

「へい」

「いい手だが、駕籠がないぞ」

「又助《またすけ》の爺さんが、駕籠かきだったはずでさァ。爺さんに頼めば、一挺《ちょう》ぐれえ何とかなりやすよ」

　長屋には、又助という還暦を過ぎた年寄りがいた。いまは隠居の身で、手間賃稼ぎの大工をしている倅の房吉《ふさきち》の世話になっている。

「よし、又助に頼もう」

　十兵衛が声を大きくして言った。

　翌朝、半次、十兵衛、熊造の三人で、又助の家に行った。房吉は仕事に出ていて、嫁のおまさと又助だけがいた。

半次たち三人が上がり框に腰を下ろすと、

「又助、おまえに頼みたいことがあるのだがな」

と、十兵衛が切り出した。

「お、おれに、頼みてえことがあるって……」

又助が、大きな声で聞き返した。

耳がすこし遠いらしい。又助は皺だらけの浅黒い顔をしていた。鬢と髷は真っ白で、腰もまがっている。

「おまえは、駕籠かきだったな」

十兵衛が大声で訊いた。

「そ、そうだよ」

「どこの駕籠屋だ」

「ち、近くだ」

又助が声をつまらせて言うと、すぐ脇に心配そうな顔をして座っていたおまさが、

「駕籠豊《かごとよ》ですよ」

と、言い添えた。

駕籠豊は瓦町にある辻駕籠屋だった。瓦町は奥州街道沿いにあるが、元鳥越町から近かった。

「親方を知っているか」

「豊五郎《とよごろう》が、まだ親方のはずだ。……おれは、長《なげ》え付き合いよ」

又助が顎を突き出すようにして言った。

「それはいい。駕籠を一挺借りたいんだがな。おまえから親方に話してくれんか。使ってない古い駕籠でいいんだ」

「お、おれはもう、駕籠は担げねえぜ。こ、腰がまがっちまってよ」

又助が眉根を寄せて言った。

「又助が担ぐことはないのだ。借りるだけでいい。お初を助け出すためにも、駕籠を一挺借りたいんだ」

十兵衛が言うと、またおまさが、

「おとっつァん、駕籠豊の親方に話してよ。谷崎さまたちは、お初ちゃんを助け出すためにがんばってるんだから」

と、又助の耳元で言った。おまさだけでなく、長屋の連中の多くが、十兵衛や半次たちが何をしてるか知っていたのである。

「わ、分かった。親方に話してやる」

又助が、よいしょ、と掛け声を上げて立ち上がった。

5

五ツ半（午後九時）を過ぎていた。頭上に鎌《かま》のような細い三日月が出ている。満天の星で、風のない静かな夜である。

浅草福川町、仁蔵店の斜向かいにある足袋屋の脇の暗闇のなかに五人の男が身をひそめていた。半次、十兵衛、浜吉、熊造、磯吉である。そこは、狭い空き地になっていて、叢のなかに古い辻駕籠が一挺置いてあった。駕籠豊から借りた駕籠である。

「そろそろ、仕掛けやすかね」

半次が小声で言った。

半刻（一時間）ほど前、仁蔵店の路地木戸から伝次郎が出ていき、いまは豊造しかいないはずだった。伝次郎はおりきのいるもみじ屋に出かけたらしい。

半次たちは、暮れ六ツ（午後六時）前から路地木戸を見張り、豊造がひとりになるのを待っていたのだ。

十兵衛たち長屋の男たちが半次の家に集まり、豊造を捕らえる相談をしてから三日経っていた。この間、半次たちは駕籠豊で駕籠を調達し、仁蔵店に入って、豊造の家を確認するとともに遠くから豊造の顔を見ておいた。まだ、半次も十兵衛も豊造の顔を知らなかったのである。

「よかろう」

十兵衛が顔をひきしめてうなずいた。

十兵衛をはじめ五人の男は、足袋屋の脇から路地に出た。そして、路地木戸の近くまで来ると、

「あっしと、浜吉とで豊造を連れてきやす」

と半次が言い、浜吉を連れて路地木戸をくぐった。

十兵衛、熊造、磯吉の三人は、木戸の脇の暗がりにあらためて身を隠した。半次たちが、路地木戸まで豊造を連れてくるのを待つのだ。

長屋のあちこちから灯《ひ》が洩れていた。亭主のくぐもったような声、女房の子供を叱る声、赤子の泣き声などが聞こえてきた。家々のまわりに人影はなかったが、まだ起きている者は多いらしい。

半次と浜吉は、豊造の家に近付いた。長屋は三棟あり、豊造の家は北側の棟のとっつきから二番目にあった。

北側の棟の脇まで来ると、

「浜吉、頼むぜ」

半次は声をかけ、棟の陰に身を隠した。

豊造に会って呼び出すのは、浜吉の役だった。豊造のように悪事に荷担するような男のなかには、半次のことを知っている者もいたので、若い浜吉に呼び出し役を頼んだのである。

「へい」

浜吉は顔をこわばらせていた。やはり、緊張しているらしい。

「浜吉、心配するこたァねえ。おれはすぐ近くにいて、何かあったら飛び出して豊造を押さえるからな」

　半次がおだやかな声で言った。

「へ、へい」

　浜吉はゴクリと唾を飲み込み、豊造の家の前に足をむけた。

　浜吉は豊造の家の腰高障子の前に立つと、障子の破れ目からなかを覗いた。そして、豊造が座敷のなかほどに胡座をかき、貧乏徳利を前に置いて酒を飲んでいるのを目にすると、

「豊造の兄い、いやすか。……豊造の兄い」

　と、声をかけた。

「だれでえ」

　と、濁声が聞こえた。

「三吉《さんきち》といいやす。伝次郎兄いに言われて来やした」

　浜吉が口早に言った。三吉は偽名である。

「三吉だと、知らねえな」

「伝次郎兄いに世話になってる者《もん》でさァ。豊造兄いを呼んでくるように言われて迎

つ立っている。

豊造の立ち上がる気配がしたが、まだ浜吉の話を信用しきれないのか、座敷につ

「おれを呼びに来たのか」

えに来やした」

「へい、兄いは、もみじ屋を知ってやすかい」

浜吉は、もみじ屋の名を出した。もみじ屋の女将のおりきが伝次郎の情婦であると知っているのは、ごくわずかな者だけだろう。その名を出せば浜吉を信用するとみて、初めからもみじ屋の名を出すつもりだったのだ。

「ああ、知ってる」

豊造の声がやわらかくなった。浜吉の話を信じたらしい。

「伝次郎兄いに、相談ごとができたので豊造兄いをもみじ屋に連れてこい、と言われてきたんでさァ」

「何の相談かな」

豊造は上がり框に近付くと、土間に下りて草履をつっかけた。

からり、と障子があいて、小太りの男が姿をあらわした。歳は二十七、八。眉が

濃く、唇が分厚かった。酒気で顔が赭黒く染まっている。悪相である。

「福川町まで、あっしといっしょに来てくだせえ」

「分かったぜ」

豊造は浜吉の後ろについて歩き出した。

浜吉と豊造が戸口から出て路地木戸の方へむかうと、半次は足音を忍ばせて棟の脇から出てふたりの後についた。手に十手を持っている。豊造が不審を抱《いだ》き、浜吉を襲ったり逃げ出そうとしたりすれば、後ろから駆け寄って十手で殴りつけるつもりだった。

そのとき、十兵衛、熊造、磯吉の三人は、路地木戸の脇の暗がりに身をひそめていた。十兵衛が前に立ち、熊造と磯吉はすこし身を引いている。熊造たちは、この場を十兵衛にまかせるつもりだった。

路地木戸の向こうで、足音が聞こえた。夜陰につつまれ、姿は見えなかったが、足音はふたりである。

……来たな！

十兵衛は抜刀した。そして、刀身を峰に返すと、すこし腰をかがめて八相に構えた。

ふたりの男が路地木戸をくぐって出てきた。前にいるのが浜吉で、豊造が後ろにいた。十兵衛は豊造の顔を見ていなかったが、半次から顔付きを聞いていたのである。

浜吉が小走りになった。豊造との間をとったのである。

「おい、待てよ」

そう声をかけて、豊造が足を速めたときだった。

スッ、と暗がりから十兵衛が豊造の脇に身を寄せた。八相に構えた刀身が、月光を反射《はね》て夜陰のなかで青白くひかった。

豊造が人の近付く気配に気付き、

「だれだ！」

と声を上げ、その場につっ立った。

瞬間、十兵衛が一歩踏み込みざま、刀身を横に払った。一瞬の動きだった。豊造は反転する間もなかった。

ドスッ、というにぶい音がし、豊造の上半身が折れたように前にかしいだ。十兵衛の峰打ちが、豊造の腹を強打したのだ。

豊造は低い呻《うめ》き声を洩らし、腹を押さえてその場にうずくまった。

そこへ、熊造と磯吉が脇から飛び出し、浜吉と半次が前後から駆け寄った。豊造のまわりを取りかこんだのである。

「猿轡《さるぐつわ》をかませろ！」

十兵衛が声を上げた。

豊造の背後から駆け寄った半次が、懐から手ぬぐいを取り出し、手早く豊造に猿轡をかませた。さらに、浜吉や熊造たちが、豊造の両腕を後ろにとって縛り上げた。

「こいつを駕籠に乗せるぞ」

そう言って、熊造が豊造の体を抱え上げた。巨体の上に強力だったので、子供でも扱うように軽々と運んだ。

隠しておいた駕籠を路地に運び出すと、豊造を駕籠に乗せて熊造と磯吉が担いだ。磯吉も大柄だったので、何とか熊造に合わせて担ぐことができたのである。

6

狭い座敷の隅に行灯が置かれ、男たちの顔を浮かび上がらせていた。戸口の腰高障子は破れ、畳は擦《す》り切れていた。黴《かび》の臭《にお》いがし、部屋の隅にはうっすらと埃《ほこり》が積もっている。そこは、権兵衛店だった。住人が引っ越した後、三月《みつき》ほどあいたままになっている部屋である。

集まっている男たちは、六人だった。それに、捕らえられた豊造の姿もあった。六人は豊造を捕らえにいった半次たち五人と長屋に残っていた忠兵衛だった。忠兵衛は、豊造を半次たちが長屋に連れてきたことを知って駆け付けたのである。

六人の男は豊造を取りかこみ、睨むように見すえていた。その顔が行灯の灯を受けて、闇のなかに浮き上がっている。

「豊造の猿轡を取ってくれ」

十兵衛が声をかけた。

すぐに、半次が豊造の猿轡をとった。

「ここは、権兵衛店だ。ふきだまり長屋と言った方が通りがいいかな。おまえたちが攫った、お初の長屋だよ」

十兵衛がそう言ったとき、脇にいた磯吉が豊造の前に立ち、いきなり豊造の両襟をつかんで、

「お初を返せ！」

と、叫びながら激しく揺すった。目がつり上がり、歯を剝《む》き出している。お初を攫った一味のひとりを目の当《ま》たりにして、磯吉の胸に怒りが衝《つ》き上げてきたらしい。

「し、知らねえ。おれは、何も知らねえ」

豊造が悲鳴のような声を上げた。

「返せ！　お初を返してくれ」

なおも、磯吉は豊造の胸倉をつかんで叫んだ。

「し、知らねえ……」

豊造の顔がひき攣《つ》ったようにゆがみ、体が顫え出した。

「しらをきっても駄目だ。おれたちは、おまえが娘たちを攫った一味のひとりだと分かっているのだ」

十兵衛が語気を強くして言った。

「おれは、娘を攫ったことなどねえ」

「伝次郎たちに言われて、駕籠で運んだことはあるだろう」

「……………！」

豊造は口をつぐんで視線をそらせた。頰のあたりが、小刻みに震えている。

「話さなければ、おれたちはここでおまえを殺し、大川に流すつもりでいる。なに、おまえが話さなければ、伝次郎に訊くまでだ」

十兵衛が言うと、半次が脇から豊造に顔を近付け、

「話した方がいいぜ。……おめえは、伝次郎たちに頼まれて駕籠で運んだだけなんじゃァねえのかい。何も、それだけで死ぬこたァねえぜ」

と、ささやくような声で言った。

「……………」

豊造の顔に戸惑うような表情が浮いた。

「もう一度訊くぞ。駕籠でお初を運んだな」

十兵衛が念を押すように言った。

「へえ……。あっしは、伝次郎兄いに頼まれて、駕籠を担いだだけでさァ」

豊造が首をすくめ、小声で言った。

「それで、お初をどこへ連れていった」

十兵衛が豊造を見すえて訊いた。半次をはじめ、その場に集まっている男たちの目が豊造にそそがれている。十兵衛たちがもっとも知りたいことは、お初の監禁場所であった。

「政蔵兄いの家で……」

「そ、そいつは、女衒の政か」

忠兵衛が声をつまらせて訊いた。忠兵衛が吉原で女衒の政の噂を聞いてきたのである。

「へ、へい」

豊造が小声で答えた。

「政蔵の家はどこだ」

十兵衛が語気を強くして訊いた。

「聖天町でさァ」

浅草聖天町は浅草寺の東方に位置し、吉原にも近い町である。

豊造が話したことによると、政蔵の家は待乳山聖天宮《まっちゃましょうてんぐう》の近くにある借家だそうだ。

「お初は、いまもそこに監禁されているのだな」

「いまは、いねえ」

「どこにいるのだ」

十兵衛が豊造に顔を近付けて睨むように見すえて訊いた。

「あ、あっしは、どこにいるか知らねえ。……政蔵の兄いが、どこかに連れていったはずだ」

「虚言《そらごと》ではあるまいな」

「嘘じゃァねえ。……政蔵の兄いの家に行ってみりゃァ分かる」

豊造の声が大きくなった。

「うむ……」

嘘ではないようだ、と十兵衛は思った。豊造の言うとおり政蔵の家に行ってみれば、すぐに分かるのである。

「おめえたちの仲間は何人だ」

脇から、半次が訊いた。

「あっしが知ってるのは、六人でさァ」

「おめえと伝次郎、それと政蔵か。……あとの三人は」

「勘助《かんすけ》。それに森《もり》の旦那と増山《ますやま》の旦那でさァ」

豊造によると、勘助は駕籠かきで豊造の相棒だという。また、森剛右衛門《ごうえもん》と増山佐兵衛《さべえ》は牢人だそうだ。

「おれたちを襲った牢人だな」

十兵衛が言った。

「へい」

がっちりした体軀の牢人が森で、痩身の牢人が増山だそうだ。

「おめえたちの頭《かしら》は、政蔵だな」

半次が豊造に目をむけて訊いた。

「頭は政蔵兄いじゃァねえ」

「ちがうのか」

「へい、政蔵兄いは、親分の指図で動いてるようでさァ。……ただ、政蔵兄いと親分はむかしからの仲間で、兄弟分だったらしいや」

「それで、親分はだれだ」

思わず、半次の声が大きくなった。

「知らねえ。嘘じゃァねえ。政蔵兄いは、おれと勘助には、おめえたちは駕籠を担いでいればいい、と言って、親分のことは教えなかったんだ」

豊造が向きになって言った。

「……………」

嘘ではないようだ、と半次は思った。伝次郎や森たちなら知っているだろう。いずれにしろ、黒幕は陰で政蔵や森たちに指図しているようだ。大物とみていいだろう。

それから、半次たちは豊造に勘助、森、増山の三人の住家《すみか》を訊いた。豊造が知っていたのは、勘助の住家だけだった。勘助は川向こうの本所、竹町の裏店に住んでいるという。

翌日、半次、浜吉、十兵衛、熊造、磯吉の五人は、聖天町にむかった。熊造と磯吉が駕籠を担いだ。政蔵が住家にいれば捕らえて、長屋に連れてこようと思ったのである。

だが、借家に政蔵の姿はなかった。それに借家は小体で、何人もの娘を監禁しておくのはむずかしいと思われた。

近所の住人に訊くと、四、五日前に政蔵は家から出ていったきり帰ってこないという。そのさい、三人ほど若い衆を連れてきて風呂敷包みを背負って出ていったので、引っ越したのではないかということだった。

半次は念のために借家の斜前にあった下駄屋の親爺に、

「あの家から、娘の泣き声が聞こえたことはねえかい」

と、訊いてみた。一時的にしろ、お初たちを連れ込んだのなら泣き声ぐらい聞こえたはずである。

「ありやすよ。……あの家に娘はいねえはずなのに、だれが泣いてるんだろうって嬶《かか》ァと話してたんでさァ」

「そうかい」

豊造が話していたとおり政蔵たちは攫った娘たちを聖天町の借家に連れ込み、その後、別の場所に移したようだ。おそらく、借家は狭く声が外に洩れるので、長く娘たちを閉じ込めておくことはできなかったのだろう。

……伝次郎から手繰るしか手はねえな。

半次は胸の内でつぶやいた。

伝次郎が豊造の住んでいた福川町の長屋にもどることはないだろうが、おりきの許《もと》には顔を出すはずである。伝次郎は、半次たちにもみじ屋から尾けられたことは知らないはずなのだ。

第四章　黒幕

1

六ツ半（午後七時）ごろである。月夜だったが、すこし風があった。夜陰のなかで、つつじの葉が揺れている。

半次と浜吉は、西仲町の瀬戸物屋の脇のつつじの陰にいた。そこから、もみじ屋を見張っていたのである。

半次たちが、豊造を捕らえた二日後だった。伝次郎はかならずもみじ屋に姿をあらわす、と半次はみたのだ。伝次郎は豊造がいなくなったことに気付けば、福川町の長屋にはもどらないはずである。かといって、以前住んでいた田原町の長屋にも帰れない。となると、情婦のいるもみじ屋しか身を隠すところがないのだ。

「兄い、伝次郎は来やすかね」

浜吉が小声で訊いた。

「来る。かならず来るはずだ」

半次はもみじ屋の店先に目をやりながら言った。

それから、小半刻（三十分）ほどしたときだった。路地の先に、伝次郎らしき人影が見えた。

「やつかもしれねえ」

浜吉がつつじの陰から身を乗り出すようにして見た。まだ遠くて、その姿もはっきりしなかった。

月明りのなかに、男の姿がぼんやりと浮かび上がった。棒縞の小袖を尻っ端折りしている。中背で痩せた男だった。

「伝次郎だ！」

浜吉は、その姿に見覚えがあった。伝次郎にまちがいない。

伝次郎は足早にもみじ屋の店先に近付いてきた。そして、店先で足をとめると、警戒するように路地の左右に目をやってから、格子戸をあけて店のなかに入った。

「兄いの見込みどおりだ」

浜吉が言った。

「しばらく、様子をみるか」

伝次郎はもみじ屋に泊まるのではないかと半次はみた。いまのところ、伝次郎の塒はもみじ屋しかないはずである。

それから、一刻（二時間）ほど過ぎた。やはり、伝次郎は店から出てこなかった。

「浜吉、今夜は帰るか」

半次は、明日の朝出直すことを言い添え、

「どうだい、またおれのところに泊まるかい」

と、訊いた。ちかごろ、遅くなると、浜吉は半次のところに泊まることが多くなった。家にも、そのことは言ってあるらしかった。

半次は今度の事件の始末がついたら、浜吉も権兵衛店に住み着いたらどうかと思った。店賃は安いので、浜吉の稼ぎでも何とか暮らしていけるだろう。もっとも、浜吉にいまの家を出る気がなければ、それまでである。

「へい、また世話になりやす」

浜吉が照れたような顔をして言った。

翌朝、半次と浜吉がもみじ屋の近くまで来たのは、五ツ半（午前九時）ごろだった。いつものように、半次がなかなか起きなかったので、いまになってしまったのだ。

半次たちは、瀬戸物屋の脇のつつじの陰に身を隠すことができなかった。瀬戸物屋がひらいていたので、店先からつつじに目をやれば、ふたりの姿が見えてしまうのだ。仕方なく、ふたりはもみじ屋から半町ほど離れたところに身を隠した。そこは路地沿いの空き地で、笹藪になっていた。すこし遠かったが、日中なので何とかもみじ屋の店先を見ることができる。

「伝次郎は、まだ店にいやすかね」

浜吉が心配そうな顔をして訊いた。

「まだ、いると思うが……」

半次は自信がなかった。すでに、伝次郎は店から出てしまったかもしれない。そうなると、いくら見張っていてもまったくの無駄骨である。半次は、もうすこし早く来ればよかったと思ったが、いまさらどうしようもない。

陽はだいぶ高くなり、陽射しも強くなっていた。路地にはぽつぽつ人影があったが、夕暮れどきよりひっそりしていた。まだ、店開きしていない店も目につく。飲み屋や食い物屋が多いせいだろう。

そのとき、ふいにもみじ屋の店先に人影があらわれた。

「兄い、やつだ！」

浜吉が声を上げた。

伝次郎だった。昨夜の棒縞の小袖を尻っ端折りしている。その伝次郎の後ろから、女が姿を見せた。おりきらしい。

伝次郎はおりきに顔をむけ、何か声をかけたようだった。遠方なので、ふたりの表情を見ることはできなかった。

伝次郎は表通りに出ると、浅草寺の方に足をむけた。しだいに町筋は賑やかになり、参詣客や遊山客などが目につくようになってきた。この辺りは、西仲町である。

半次たちは、通り沿いの木陰や店の角などに身を隠しながら尾けてきたが、表通りに出てからは、通りのなかほどを歩いた。人通りが多くなったので、伝次郎が振り返っても気付かれる恐れがなかったのだ。

「やつは、どこへ行く気ですかね」

浜吉が伝次郎の背に目をやりながら言った。

「分からねえなァ」

半次はそう言ったが、人攫い一味の仲間のところへ行くのだろうと思った。

伝次郎は西仲町から東仲町に入った。そこは、浅草寺の門前通りに近いところで、通り沿いには、料理屋、料理茶屋、遊女屋などが目についた。華やかな通りを大勢の参詣客や遊山客が行き交っている。

伝次郎は通り沿いにあった料理屋に入った。昼前だったが、暖簾が出ていた。おそらく参詣客や遊山客を入れるために、早くから店をひらいているのだろう。

半次たちは、店先に近付いた。戸口は格子戸だった。脇に、つつじの植え込みがあり、籬《まがき》と石灯籠《いしどうろう》が配置してあった。それほど大きな店ではなかったが、老舗《しにせ》らしい落ち着いた感じのする店である。

戸口の脇に掛け行灯があった。近付いて見ると、「花笠《はながさ》」と記してあった。洒落《しゃれ》た名の店である。

半次たちは、店先を通り過ぎた。立ちどまって、店を見ているわけにはいかなかったのである。

「いまから、飲む気ですかね」

浜吉が歩きながら言った。

「ちがうな。飲むなら、もみじ屋でおりきを相手に飲むだろうよ」

「ちげえねえ」

「この店に、一味のだれかがいるとみたぜ」

半次は、花笠を探ってみようと思った。

2

半次と浜吉は、花笠からすこし離れたところにあった紅屋に立ち寄って話を訊いてみた。紅屋は口紅を売る店で、紅だけでなく、白粉《おしろい》や髪の油なども売っていた。紅屋のような小店の方が話を訊きやすかったし、料理屋や料理茶屋などに出入りする芸者や女中などが立ち寄っておしゃべりをする店の方が、花笠の噂を耳にする機会が多いとみたのである。

半次は岡っ引きであることを匂《にお》わせ、紅屋の店番をしていたおきよという年増に、

「花笠の客がな。店からの帰《けえ》りに、店先から尾けてきた男に大金を脅しとられたのよ。まァ、花笠の者じゃァねえと思うが、念のために話を訊かせてくんな」

と前置きし、それとなく花笠のことを訊いてみた。まだ、人攫い一味のことを探っていると思われたくなかったので、作り話を口にしたのである。

おきよが半次の言ったことを信じたかどうか分からなかったが、花笠のことをいろいろ話してくれた。客がなく、暇だったせいもあるらしい。

おきよによると、花笠は与左衛門《よざえもん》という男があるじだったが、あまり商売に熱心でなかったため四年ほど前に左前になったという。その店を幸兵衛《こうべえ》という男が居抜きで買い取り、いまは幸兵衛があるじに収まっているそうだ。

「幸兵衛は、どんな男だい」

半次が訊いた。

「あまりいい噂は聞かないんですよ。つい、ちかごろまで女衒をしていたとかいう人もいましてね」

「女衒だと」

思わず、半次の声が大きくなった。

……政蔵ではあるまいか！

半次はすぐに、幸兵衛の年格好や人相を訊いた。

「幸兵衛さんは、恰幅《かっぷく》のいい人ですよ。五十がらみですかね」

おきよが言った。

「五十がらみか……」

まるで、政蔵とはちがう。豊造から聞いていた政蔵の年格好は三十がらみで、どちらかといえば小柄だそうだ。

もっとも、政蔵はちかごろまで聖天町に住んでいたのだ。聖天町から東仲町はそう遠くない。政蔵が花笠のあるじなら、おきよが政蔵のことを知らないはずはないだろう。

「ところで、政蔵という男を知らねえか。女衒の政、と呼ばれてるらしい」

半次は念のために訊いてみた。

「噂は聞いたことがありますよ。吉原だけでなく、この辺りの女郎屋にも娘を連れてきたらしいからね。……それに、幸兵衛さんとも付き合いがあったようですよ。花笠の旦那に収まるまでは、女衒仲間だったと聞いてますよ」

おきよが、声をひそめて言った。

「いまでも政蔵は幸兵衛と付き合いがあるんじゃァねえのか」

半次が訊いた。

「そうかもしれないね。……政蔵という男《ひと》は、いまでも花笠に来るようだから」

「……………」

幸兵衛は政蔵を通して人攫い一味とつながっているのではあるまいか。幸兵衛が黒幕かもしれない、と半次は思った。

半次はおきよに礼を言って、紅屋の店先から離れると、

「浜吉、花笠を探ってみようじゃァねえか。大物が出て来るかもしれねえぜ」

と、低い声で言った。

「へえ……」

浜吉が、げんなりした声で答えた。

「その前に、腹ごしらえをしてからだな」

「へい」

急に、浜吉の声が大きくなった。腹が減っていたらしい。

半次と浜吉は、通り沿いに一膳めし屋を見つけ、菜めしと汁を頼んで腹一杯食べた。

めしを食い終えて通りに出た半次たちは、ふたたび花笠に足をむけた。

「さて、どうするか」

花笠に入って店の者に訊くことはできなかったし、かといって近所で聞き込んでも、おきよ以上のことを知っている者はすくないだろう。

「店のことをよく知っている者がいいんだがな」

「店に出入りしてる酒屋や魚屋はどうです」

浜吉が言った。

「それも手だが、下手に探りをいれると店に来てしゃべるぜ。それとなく、聞き出してえな」

半次たちが、花笠を探っていると政蔵たちに気付かれたくなかったのだ。

「通いの女中はどうです。あれだけの店なら、何人かいるはずですぜ」

「おきよに、訊いてみるか」

おきよなら、通いの女中のことも知っているのではないかと思った。

思ったとおり、おきよは花笠の女中や出入りしている芸者なども知っていた。

「話を訊くなら、お滝《たき》さんがいいよ。お滝さんなら、花笠のことをよく知っているからね」

おきよによると、お滝は与左衛門があるじだったころから通いの女中として勤めているので、店のことはくわしいという。

半次はおきよからお滝の顔付きや年格好、それに店に何時ごろ来るのか訊いてから紅屋を出た。

「すこし早《はえ》えが、店の裏手で待つか」

おきよによると、お滝は八ツ（午後二時）過ぎに来て、店の裏手から入ることが多いという。

半次たちは、花笠から数軒離れた料理屋の脇の細い路地をたどって花笠の裏手にまわった。そこは、表通りに面した店の裏手をつなぐ狭い裏路地で、板場で出た芥《ごみ》を捨てたり、店に勤める者や板場に品物をとどける業者などが出入りに使っているらしかった。

半次たちは花笠の脇にあった芥溜《ごみため》の陰に身を隠した。そこは、八つ手の株が枝葉を繁茂させていて、半次たちの姿を隠してくれたのだ。

半次たちがその場に身を隠して、小半刻（三十分）ほど過ぎた。この間、若い女中がひとり、下働きらしい中年の男がひとり、花笠の背戸から入っていったが、まだお滝らしい女は姿を見せなかった。

3

半次と浜吉が八つ手の陰に身を隠して、そろそろ半刻（一時間）にもなろうかというとき、下駄の音がしたので路地の先に目をやると、ほっそりとした面長の女が姿をあらわした。こちらに歩いてくる。大年増のようだ。

「お滝らしいな」

半次はおきよから、お滝は痩身で面長の大年増と聞いていたのだ。

お滝が芥溜のそばまで来たとき、半次は八つ手の陰から路地に出て、

「姐《あね》さん、ちょいと」

と、声をかけた。浜吉は殊勝な顔をして半次の後ろにひかえている。

お滝はギョッとしたように足をとめ、

「だ、だれだい」

と、目を瞠《みひら》いて訊いた。顔がこわばっている。いきなり、脇から半次と浜吉が出てきたので驚いたらしい。

「あっしは、永吉《えいきち》といいやす。姐さんが、お滝さんですかい」

半次が口にした永吉は偽名である。半次という名を隠しておきたかったのだ。

「そ、そうだよ」

お滝が声をつまらせて言った。

「姐さんは知らねえと思いやすが、あっしは花笠の先代の与左衛門の旦那に世話になったことがあるんでさァ。ちょいと、浅草を離れていやしてね。久し振りで帰ってきて話を訊くと、いまの旦那は幸兵衛という方だそうで――。それで、何があったのかと思って様子を訊きにきたんでさァ」

半次がもっともらしい顔をして言った。

「そうなのかい」

お滝の顔からこわばった表情が消え、変わって寂しそうな色が浮いた。半次の話を信じたらしい。

半次は、お滝から与左衛門が店を手放した経緯《いきさつ》を聞いた後、

「それじゃァ、いまも幸兵衛が店のあるじに収まってるんですかい」

と、訊いた。幸兵衛のことに話を移そうと思ったのである。

「それが、幸兵衛さんは、ちかごろ店にいないんだよ」

お滝が眉根を寄せて言った。まだ、あるじとしっくりいっていないのか、お滝は幸兵衛さんと呼んだ。

「いねえのかい。店のあるじがいねえんじゃァ、示しがつくめえ」

「幸兵衛さんは、山下にも大きな料理茶屋を持っててね。ちかごろは、向こうにいることが多いんだよ」

山下は寛永寺《かんえいじ》のある上野の山裾にひろがる繁華街で、御成《おなり》街道沿いに小屋掛けの見世物や屋台店などが並んでおり、水茶屋、料理茶屋、料理屋なども多かった。それに、茶汲み女が春を売ることでも知られていた。

「それで、花笠は留守にすることが多いわけだな」

「ちかごろ、代わりの旦那がいるんだよ」

お滝が急に声をひそめて言った。

「代わりの旦那だと。そいつは、だれだい」

「嫌なやつさ。兄さんも聞いたことがあるんじゃァないかい。……女衒の政と呼ばれている男さ」

お滝の顔に嫌悪の色が浮いた。

「女衒の政――」

政蔵は花笠のあるじに収まっていたのか、と半次は思った。聖天町の借家から出た後、花笠に入ったのだろう。

「幸兵衛さんも、女衒だったことがあってね。政蔵さんとはそのころからの付き合いらしいよ」

お滝が声をひそめて言った。

やはり、豊造が話していた親分は、幸兵衛のようだ。豊造は、政蔵と親分は兄弟分のような関係だと話していたのだ。

「ところで、政蔵は若い娘を花笠に連れてこなかったかい」

半次は、花笠をお初たちの監禁場所に使ったのではないかと思った。

「ちかごろはないけど……。幸兵衛さんが店を居抜きで買い取った後、政蔵さんが十二、三の若い娘を店に連れてきてね、客に酌をさせたのよ。それが、金持ちの旦那方に受けてね。傾いていた店が持ち直したってわけなの」

お滝が、高い金を取って、まだ女になっていないような若い娘《こ》を抱かせることもあったらしいよ、と半次の耳元でささやいた。

「そういうことか」

半次は、一味の背後が見えてきたような気がした。攫った娘たちを吉原や岡場所に売るのではなく、幸兵衛がやっている料理屋や料理茶屋で使っていたのだ。むろん、客に酌をさせるだけでなく、肌も売らせていたのだろう。吉原や岡場所とはちがう、素人《しろうと》のうぶな娘を抱かせることを売りにしていたのかもしれない。

……幸兵衛を探れば、お初たちの居所が知れるはずだ。

と、半次は踏んだ。

それから、半次はそれとなく森や増山のことも訊いてみた。お滝によると、牢人体の武士が来て、幸兵衛や政蔵と話していることもあったという。

森や増山も花笠に出入りしていたようだ、と半次は思った。

半次たちはお滝と別れると、その足で山下へ行ってみた。浅草から下谷の山下まで遠くなかった。東本願寺の門前を通り、稲荷町《いなりちょう》と呼ばれる寺院のつづく通りを西にむかうと山下に出られるのだ。

半次たちは山下に着くと、賑やかな広小路を歩きながら目にとめた水茶屋のあるじに、幸兵衛がやっている料理茶屋を訊くとすぐに分かった。清水屋《しみずや》という店だった。料理屋や料理茶屋の多い広小路でも目を引く二階建ての大きな店だった。しかも、幸兵衛がやっているのは、清水屋だけではなかった。店の近くで水茶屋も二店ひらいていた。水茶屋では、赤い前だれを掛けた若い茶汲み女が何人もいて、通りかかる男たちに盛んに声をかけていた。

お初がいるかもしれない、と半次は思い、女たちの顔を見ながら歩いたが、お初はいなかった。

近所にあった茶屋の親爺にそれとなく訊くと、水茶屋だけでなく清水屋にも若い娘が何人もいて、客に酌をさせているという。

「客に酌をさせて、お客に見立てさせるんです。女郎屋と変わりませんよ」

親爺が、口元に卑猥な笑いを浮かべて言った。

……お初たちは、清水屋に連れてこられたのかもしれねえ。

と、半次は思った。

「浜吉、明日から清水屋を探ることにするぜ」

半次が低い声で言った。双眸《そうぼう》が、腕利きの岡っ引きらしい鋭いひかりを宿している。

4

……半次さん、半次さん。

腰高障子の向こうで、女の声がした。

半次は掻巻にくるまって眠っていたが、その声で目を覚ました。すぐに、だれの声か分からなかった。まだ、目が覚めきっていないようだ。

……半次さん、まだ、寝てるの！

女の声に、苛立《いらだ》ったようなひびきがくわわった。障子の枠をたたいている。

紀乃さんだ、と半次は気付いた。すぐに、掻巻を撥ね除け、寝間着を脱ぎ捨てながら表の腰高障子に目をやった。陽に白くかがやいている。五ツ（午前八時）近いのかもしれない。

昨日、半次は浜吉とふたりで山下に出かけ、夜まで清水屋を探った。店に出入りする魚屋や常連客などにそれとなくお初たちのことを訊いたが、お初たちが店にいるかどうか分からなかった。ただ、十二、三歳と思われる若い娘が何人かいるらしいと聞いたので、そのなかにお初がいるのかもしれない。

昨夜、半次はふきよせ長屋に帰ってくるのが遅くなり、夜が更けてから横になったこともあって、朝寝坊してしまったようだ。もっとも、半次が朝起きられないのは今日に限ったことではない。

「半次さん、入っていい」

紀乃が障子の向こうで言った。

「ま、待て」

寝間着を脱いで、ちょうど裸になったところだった。褌ひとつである。いくらなんでも、十五の娘の前に裸で立っているわけにはいかない。

半次は慌てて部屋の隅に脱ぎ捨ててあった単衣《ひとえ》の袖に腕を通し、

「入ってくれ」

と、帯をしめながら言った。

すぐに障子があいて、紀乃が土間に入ってきた。色白の頬が赤らみ、黒眸《くろめ》がちの目を瞠《みひら》いている。

「寝てたのね」

紀乃の声に、なじるようなひびきがくわわった。

「い、いや、昨夜遅くまで起きていたのでな。……それより、何かあったのかい」

何かなければ、紀乃がひとりで半次の家に来ることはなかった。それに、慌てているようである。

「大変なの！　平作さんが、大怪我をしたのよ。すぐに来て」

平作は長屋に住むぼてふりだった。

「谷崎の旦那は」

半次は土間へ下りながら訊いた。

「いま、平作さんの家に行ってるの。父上に、半次さんを呼んできてって言われてきたのよ」

紀乃が土間で足踏みしながら言った。

「すぐ、行く」

半次は戸口から外に飛び出した。

「待ってよ」

紀乃が慌てて後を追ってきた。

平作の家の前に長屋の連中が集まっていた。女房連中に交じって、年寄りや子供たちの姿もあった。男も何人かいたが、居職《いじよく》の者が多いようだ。出職《でしよく》の者たちは、長屋を出ているのだろう。

「半次さんだ！」

戸口にいた茂太《しげた》が、半次の顔を見て声を上げた。茂太は半次と同じ棟に住む七つの児《こ》だった。

「前をあけてくんな」

半次は、戸口に立っている連中を掻き分けて土間に入った。紀乃は遠慮して、入ってこなかった。

座敷のなかほどに、平作が横になっていた。単衣がはだけて、血に染まっていた。

顔にも血の色があった。棒や竹のような物で打擲《ちょうちゃく》されたのか、瞼《まぶた》が腫れ上がり、額には青痣《あおあざ》がはしっていた。ただ、命に別状はないようだった。平作は顔をしかめて、低い呻き声を上げている。

平作のまわりに、十人ほどの男女がこわばった顔で集まっていた。平作の女房のおとせ、お寅、十兵衛、忠兵衛、熊造、猪吉……。おとせの脇で五つになるお菊《きく》が、しゃくり上げて泣いていた。お菊は平作のひとり娘である。父親のひどい姿を見て、泣き出したにちがいない。

半次は十兵衛の脇に腰を下ろすと、

「どうしやした」

と、訊いた。夫婦喧嘩にしてはひどすぎる。

「男たちに、長屋から出たところを襲われたらしい」

十兵衛が低い声で言った。

平作が血まみれになって、路地木戸の近くをよろめきながら歩いているところを長屋の者が見つけ、家に運び込んだという。

そのとき、平作が腫れた瞼の奥から細い目を半次にむけ、

「い、いきなり、八百達《やおたつ》の脇に連れ込まれて殴られたんでさァ」

と、声をつまらせて言った。

八百達というのは、長屋から半町ほど離れた路地沿いにある八百屋だった。店の脇に空き地があるので、平作はそこに連れ込まれたのかもしれない。

「殴ったのは、だれか分からねえのかい」

半次が訊いた。

「見たこともねえやつらだ。……四人もいやがった」

「それで、巾着でもとられたのか」

半次に代わって、十兵衛が訊いた。

「いいや、何もとられてねえ。……長屋のことをいろいろ訊かれたんだ」

「長屋のことを訊かれただと」

なぜ、平作に長屋のことなど訊いたのだろうか。半次には分からなかった。

「どんなことを訊かれたのだ」

また、十兵衛が口をはさんだ。

「へい、谷崎の旦那や半次さんのことを訊かれやした」

そう言って、平作が腫れた瞼の間から、ちろりと十兵衛と半次を見た。

「おれと半次のことを訊いたのか」

十兵衛が、半次に目をむけた。十兵衛の顔にも不審そうな表情があった。

そのとき、半次は平作を襲ったのは伝次郎たちではないかと思った。伝次郎たちは、半次や十兵衛たちを待ち伏せして襲ったことがあった。伝次郎たちが、半次たちの塒を知っていてもおかしくはない。

「へえ、ふたりは何をしているのだと訊きやした」

平作が言った。

「それで、何と答えたのだ」

「半次さんは屋根葺きで、谷崎の旦那はたまに手間賃稼ぎに出るだけだと言いやしたが――」

「他に、何を訊かれたい」

伝次郎たちなら、訊きたいのは半次や十兵衛の生業《なりわい》ではないだろう。

「半次さんたちが、長屋に豊造という男を連れてこなかったか訊きやした」

平作が答えたとき、

「谷崎の旦那、平作を襲ったのは伝次郎たちですぜ」

と、半次が言った。

伝次郎は豊造が長屋から姿を消したことを知り、半次たちにつかまったのではないかと思い、探りをいれてきたにちがいない。

「平作、それで豊造は長屋にいると答えたのか」

十兵衛が訊いた。

「へい、言わねえつもりでいたんだが、棒切れや青竹でたたかれやしてね。このまだと殺されちまうと思って怖くなり、奥の棟の空き部屋に閉じ込めてあるとついしゃべっちまったんで……」

平作の声が急に小さくなった。

「隠していても、いずれ知れることだ。……それに、たいした傷でなくてよかった。しばらく、おとなしくしてることだな」

十兵衛の言うとおり、平作は打ち身だけで済んだようだ。しばらくすれば、回復するだろう。

十兵衛は立ち上がり、戸口に顔をむけて、

「平作の傷はたいしたことはない。みんな、家に帰ってくれ」

と、声をかけた。

すると戸口近くで、「たいしたこと、なさそうだよ」「よかったよ」「まったく、驚いたねえ」などという声が聞こえ、ひとり、ふたりとその場から離れていった。

おとせのそばで泣いていたお菊も泣きやみ、おとせに張り付いて座敷に集まっている男たちに目をやっている。

「平作、しばらくおとなしく寝てろよ」

十兵衛がそう言い置き、半次といっしょに平作の家から出た。戸口にいた紀乃は、黙って父親の後に跟《つ》いてきた。

「旦那、このままじゃァ済まねえかもしれやせんぜ」

半次が小声で言った。

「伝次郎たちは、豊造を取り返しにくるとみたか」

「へい」

「その前に、町方に豊造を引き渡すか」

半次たちが、豊造を長屋に連れてきて五日経っていた。まだ、豊造を捕らえたことを岡倉に話してなかった。

「あっしが、明日にでも岡倉の旦那に話しやしょう」

半次も、これ以上豊造を長屋に監禁しておく必要はないと思った。清水屋を探れば、お初たちの居所も知れそうである。

今日はこれから出かけても岡倉の巡視をつかまえるには、すこし遅かった。

だが、半次たちは一歩遅かった。平作が襲われたその日のうちに、伝次郎たちが仕掛けてきたのだ。

5

夕暮れどきだった。めずらしく、半次は土間の隅の竈《へっつい》に火を焚《た》き付けた。めしを炊くつもりだった。夕めしにすこし多目に炊いておけば、明日の朝も食える。それに、今日も浜吉といっしょに山下の清水屋を探りにいったが、早目に帰ってきたので、夕めしを食わせてから家に帰そうと思ったのだ。

半次は粗朶《そだ》に火を点《つ》けたが、なかなか燃え上がらなかった。竈から白煙が濛々《もうもう》とたちこめている。煙《けむ》い目をしばたたかせながら火吹き竹で吹くと、やっと燃え上がった。

……独り暮らしも楽じゃァねえや。

半次が腰を伸ばして愚痴《ぐち》ったとき、慌ただしく戸口に駆け寄ってくる足音が聞こえた。

いきなり腰高障子があけはなたれ、

「兄い、大変だ！」

と、浜吉が土間に首をつっ込んで叫んだ。

「どうした、浜吉」

「伝次郎たちが、長屋に押し込んできやす！」

浜吉が長屋の路地木戸から通りに出ようとしたとき、通りの先にこちらに歩いてくる数人の男たちが見えた。ちょうど、浜吉が夕めしの菜の煮染を買いに半次の家から出たところだったという。

「六人いやす。森と増山もいるようですぜ」

浜吉は顔をはっきり見ていなかったが、牢人がふたりいたという。

「そいつは、大変だ」

半次は火の点いた粗朶を竈の奥に押し込み、まわりにあった粗朶は竈から離すと、戸口から飛び出した。

つづいて戸口に出た浜吉に、谷崎の旦那に知らせろ、と叫び、半次は長屋をまわり、熊造、猪吉、磯吉などの男たちに、伝次郎たちが長屋に押し込んできたことを知らせた。この間に、浜吉は十兵衛の家に走った。

外は淡い夕闇につつまれていた。長屋の家々から灯が洩れている。あちこちから話し声や子供の泣き声などが聞こえてきたが、屋外に人影はなかった。夕めしどきで、住人たちは家に入っているようである。

いっときすると、半次の知らせを聞いた男たちが七、八人、家にあった天秤棒《てんびんぼう》、鎌、包丁などを持って飛び出してきた。熊造たち何人かに、伝次郎たちが長屋に押し入ってくるかもしれないと話してあったのだ。
七、八人だけではなかった。さらに、ひとりふたりと武器になりそうな棒や刃物を持って家から出てきた。なかにはどこにしまってあったのか、長脇差《ながどす》を手にしている者もいた。いずれも顔をこわばらせ、目をつり上げている。

女、子供、年寄りは、危険を察知して家のなかに籠《こも》っていた。長屋から逃げ出そうとする者はいなかった。もっとも、怖くて家から出られなかったのかもしれない。半次のそばに、十兵衛、浜吉、熊造、磯吉、猪吉が走り寄った。他の男たちは、すこし後ろに集まっている。

「来た！」

浜吉が声を上げた。

路地木戸の方から、六人の男が小走りに近付いてきた。森、増山、伝次郎、政蔵、駕籠かきの勘助、それに長七《ちょうしち》という若い男がいた。長七も政蔵たちの仲間である。薄闇のなかで男たちの目が、白く底びかりしているように見えた。

「いいか、牢人には、近付くな」

十兵衛が念を押すように男たちに言った。下手に近付くと、斬られるとみたのである。

森たち六人は、行く手に立っている十兵衛たちを見て足をとめた。どの顔にも、驚いたような表情があった。長屋の者たちが、大勢で待っているとは思わなかったのだろう。それに、長屋の男たちは、それぞれ天秤棒や鎌などの得物《えもの》を持って待ち構えていたのだ。

十兵衛たち長屋の男たちと森たち六人が対峙《たいじ》した。

長屋は異様な静けさにつつまれていた。家のなかにいる女子供や年寄りは、息をつめて外の成り行きをうかがっているにちがいない。

そのとき、伝次郎が五人の前に出て、

「大勢でお出迎えかい」

と、揶揄するように言った。口元に嘲笑《ちようしよう》が浮いている。

「なにをしに来たのだ」

十兵衛が強い声で訊いた。

「おめえたちに、だいぶ世話になったんでな。お礼に来たのよ」

伝次郎が長屋の男たちに目をやって言うと、

「礼なんて、いらねえ！　とっとと帰《けえ》れ」

と、猪吉が声を震わせて叫んだ。

すると、熊造が、

「帰らねえと、ぶち殺すぞ！」

と、手にした天秤棒を振り上げて叫んだ。

長屋の男たちから次々に「帰れ！」「ぶん殴るぞ！」「たたき殺してやる！」などという叫び声が起こった。すると、まわりの家々から男たちの声に呼応するように、帰れ！　帰れ！　と女たちの声が上がった。腰高障子の破れ目から外を覗いているようだ。

「黙れ！　おれがひとり残らず斬り殺してやる」

叫びざま、森が刀を抜いた。

つづいて、増山が抜刀し、伝次郎と政蔵が長脇差を抜いた。さらに、勘助と長七が懐に呑《の》んでいた匕首を取り出した。

これを見た長屋の男たちが、ワッ、と声を上げて後じさった。

「ぬ、抜きゃァがった！」

熊造も、天秤棒を振り上げたまま後ろへ下がった。

長屋の連中は、殴り合い程度の喧嘩はしているが、刃物を持った相手とやり合うようなことはなかった。しかも、相手に武士がいるとなると、怖さが先にたつのである。

である。

「森、おれが相手になってやる」

十兵衛が森の前に立って刀を抜いた。増山より、森の方が腕がたつとみていたのである。

「よかろう。今日こそ、決着をつけてやる」

森は青眼《せいがん》に構え、切っ先を十兵衛の目線につけた。隙のない構えで、腰がどっしりと据わっている。

十兵衛は八相に構え、刀身を垂直に立てた。八相は木の構えともいわれるが、まさに大樹を思わせるような大きな構えである。

森と十兵衛の動きを見た増山が、

「伝次郎、長七、おれについてこい」

と声をかけ、刀を引っ提げたまま小走りに長屋の奥の棟にむかった。すると、伝次郎と長七が増山の両脇をかためるようにまわり込み、増山といっしょに奥にむかって走り出した。

熊造をはじめとする男たちは、悲鳴のような声を上げて両脇に逃げた。天秤棒や鎌などを前に突き出すように構えていたが、いずれもへっぴり腰である。伝次郎たちと闘う気はないようだ。

半次と浜吉は十手を手にして増山たち三人の動きをとめようとしたが、十手で刀を手にした増山に飛びかかる勇気はなかった。それに、下手にやり合えば増山に斬り殺されると分かっていたのである。

「やつらに、石を投げろ!」

半次が叫んだ。それしか手はなかった。

熊造が、足元にあった鶏卵ほどの石をつかみ、

「野郎!」

と、叫びざま、増山たち目がけて投げた。

石は長七の肩先をかすめて長屋の粗壁に当たって落ちた。これを見た他の男たちが、近間《ちかま》にあった石や棒切れなどをつかんで、いっせいに投げつけた。

ばらばらと石礫《いしつぶて》や棒切れなどが飛び、そのいくつかが増山たち三人の足や袖などに当たったが、足をとめさせるほどの効果はなかった。

すぐに、増山たちは奥の棟の角を曲がり、その姿が見えなくなった。

「豊造を助け出すつもりだ」

半次は増山たちの後を追った。浜吉や熊造たち数人の男が天秤棒や石などを手にしてついてきた。

増山たちは、豊造を監禁してある家の腰高障子をあけてなかに踏み込んだ。

半次たちは戸口の近くまで来て足をとめた。増山たちの後を追って、家のなかに踏み込むことはできなかった。逃げ場を失って斬り殺されてしまう。

「やつらが、出てきたら石を投げろ」

半次が言った。増山たちが豊造を助け出すのを待って、出てきたところに石を投げつけるしかない。

6

そのとき、十兵衛は森と対峙していた。

ふたりの間合はおよそ三間半。十兵衛は八相、森は青眼である。ふたりの刀身が夕闇のなかで銀蛇《ぎんだ》のようにうすくひかっている。

政蔵と勘助は十兵衛の左右にまわり込み、それぞれ長脇差と匕首を前に突き出すように構えていた。ふたりの眼が、餓狼《がろう》のように闇のなかで底びかりしている。

十兵衛と森たちのまわりにも、長屋の男たちが十人ほどいた。手に手に天秤棒や鎌、包丁などを持って身構えているが、いずれも腰が引けていた。それに、尻や背が長屋の粗壁や腰高障子に付きそうなほど身を引いている。戦力にはならなかった。もっとも、十兵衛はその方がよかった。下手に助太刀《すけだち》しようとして踏み込んでくれば、その者を助けるためにに刀をふるわざるをえなくなる。

そうした男たちからすこし離れた家の戸口に紀乃がいた。紀乃は腰高障子を三寸ほどあけて、その間から父の背に目をむけていた。顔が蒼ざめ、体が小刻みに顫えていた。紀乃は両手を胸の前で握りしめ、息をつめて闘いの様子を見つめている。

十兵衛は森と対峙し、

……遣い手だ！

と、あらためて思った。

森の構えには隙がなく、十兵衛の目線につけられた切っ先には、そのまま目を突いてくるような威圧があった。

そのとき、十兵衛の脳裏に、大川端で見た峰五郎の刀傷が浮かんだ。肩から胸にかけて深く斬られ、傷口から截断された鎖骨が覗いていた。斬ったのは剛剣の主である。おそらく、森に斬られたのであろう。

まともに受けたら、体勢をくずされる、と十兵衛は察知した。

それに、政蔵と勘助も侮《あなど》れないと思った。隙を見せれば、長脇差や匕首で斬りかかってくるだろう。

先に仕掛けたのは森だった。

「いくぞ!」

と一声上げ、足裏を摺《す》るようにしてジリジリと間合をつめてきた。

十兵衛は森の剣尖《けんせん》が眼前に迫ってくる槍《やり》の穂先のように感じ、森の体が遠ざかったように見えた。剣尖の威圧で、間合を遠く見せているのだ。

だが、十兵衛は動じなかった。気を鎮めて、森の斬撃の気配を読みとろうとした。

ふいに、森の寄り身がとまった。一足一刀の斬撃の間境の一歩手前である。森は全身に気魄を込め、斬撃の気配を見せた。気攻《きぜ》めである。森は気で攻め、十兵衛の気を乱してから斬り込もうとしているのだ。

ふたりの剣気が高まり、斬撃の気配が満ちてきたとき、ふいに、左手にいた政蔵が動いた。ズッと足裏を摺る音がした。一歩踏み込んだのである。

その動きで、十兵衛と森の間で張りつめていた緊張が裂けた。

森の全身に斬撃の気がはしった瞬間、
イヤアッ！

裂帛の気合を発し、森が斬り込んできた。

振りかぶりざま袈裟へ。鋭い斬撃だった。

間髪をいれず、十兵衛は刀身を横に払ってこの斬撃を受け流した。まともに受けたら、体勢をくずされるとみていたからである。

刀身の擦れる重い金属音がひびき、青火が散り、金気が流れた。次の瞬間、十兵衛の体勢がわずかにくずれた。受け流したが、それでも森の膂力《りょりょく》のこもった斬撃に押されたのである。

だが、十兵衛はすばやい体捌《たいさば》きで体勢をたてなおすと、切っ先を敵の胸に突き込むように二の太刀をはなった。神速の連続技である。

一方、森も二の太刀をはなった。後ろに跳びざま胴へ、刀身を横に払ったのである。

バサッ、と音がし、十兵衛の右の袂《たもと》が裂けた。胴へ斬り込んだ森の切っ先が、十兵衛の袂を斬り裂いたのだ。

森の右手の甲にかすかな血の色があった。十兵衛の突きが、胸ではなく右手の甲をとらえたのである。だが、かすり傷だった。闘いには、何の支障もない。

ふたりは、ふたたび大きく間合をとると、八相と青眼に構え合って対峙した。

「いい腕だ」

十兵衛がつぶやくような声で言った。顔が赭黒く染まり、双眸が炯々《けいけい》とひかっている。剣客らしい凄みのある顔である。十兵衛は一合《いちごう》したことで闘気がみなぎり、全身の血が滾《たぎ》ってきたのだ。

「おぬしもな」

森は口元に薄笑いを浮かべたが、目は笑っていなかった。十兵衛にむけられた目は切っ先のような鋭いひかりを宿している。

このとき、半次たちは豊造を閉じ込めてある家の腰高障子の近くに身を寄せていた。

家のなかで座敷に踏み込む荒々しい足音がし、

「おれを助けに来てくれたのか」

という豊造の声が聞こえた。家に踏み込んできたのが、伝次郎たちと分かったらしい。

次の瞬間、ギャッ！　という凄まじい絶叫が腰高障子の向こうでひびいた。

……だれか、殺《や》られた！

咄嗟に、半次は家のなかで何が起こったのか分からなかった。

つづいて、ドタドタと畳を踏む音がし、土間へ下りる足音が聞こえた。

半次はすばやく後じさり、戸口から離れた。そばにいた浜吉や長屋の男たちも、慌ててその場から逃げた。

腰高障子が荒々しくあけはなたれ、戸口から増山が出てきた。血刀を引っ提げている。増山につづいて、伝次郎と長七が飛び出してきた。

「今夜は、これで引上げやしょう」

伝次郎が増山に言い、三人は濃い夕闇のなかを森たちのいる方へ小走りにむかった。

……豊造を助け出しに来たんじゃァねえ！　殺しに来たんだ。

半次は、胸の内で叫んだ。

伝次郎たちは、豊造が町方に渡され、吟味にかけられる前に口封じに来たのである。

すぐに、半次たちは伝次郎たちの後を追った。


十兵衛と森は、およそ三間の間合をとって対峙していた。

森の青眼に構えた切っ先が、かすかに揺れていた。右の前腕が血に染まっている。

一方、八相に構えた十兵衛の着物の肩が裂け、かすかに血の色があった。ふたりはさらに斬り結び、敵の斬撃を浅くあびたのである。

だが、ふたりとも臆《おく》した様子はまったくなかった。全身に気勢を込め、斬撃の気配をみなぎらせている。

そこへ、増山たち三人が駆け寄ってきた。背後から走ってくる半次たちの姿も見えた。

「豊造は仕留めた！　長居は無用」

増山が森に声をかけた。

これを聞いた森は、すばやく後じさると、

「谷崎、勝負はあずけた」

と言いざま、反転した。そして、刀を引っ提げて路地木戸の方へ駆け出した。増山やその場にいた政蔵たちも、森の後を追って走った。

「どういうことだ」

十兵衛は刀を下ろした。森たちの後を追う気はないようだ。夕闇のなかを遠ざかっていく森たちの後ろ姿に目をやっている。

「谷崎の旦那！　やられたんですかい」

駆け寄った半次が、十兵衛の肩に目をやって訊いた。

「かすり傷だ。……増山は、豊造を斬ったのか」

十兵衛が訊いた。増山が、豊造は仕留めた、と言ったのを耳にしたのだ。

「へい、やつらは豊造の口封じに来たんでさァ」

「そういうことか」

十兵衛が腑に落ちたような顔をした。

そこへ、紀乃が駆け寄ってきた。蒼ざめた顔で、十兵衛を見つめ、

「ち、父上が、殺されるかと思った」

と、声を震わせて言った。

「すまん。心配をかけたな」

十兵衛が、困惑したような顔をして紀乃に詫びた。

「よかった……」

紀乃の瞠いた目から涙が溢《あふ》れ、頬をつたった。紀乃は、父の真剣勝負を目の当たりにしていたのである。胸が引き裂かれるほどの不安と恐怖を覚えたにちがいない。

長屋のあちこちで腰高障子があき、辺りの夕闇がぼんやりと明らみ、近付いてくる足音や話し声が聞こえてきた。成り行きを見守っていた住人たちが家の外に出て、半次たちのそばに集まってくる。

7

半次は浜吉とふたりで、江戸橋のたもとに立っていた。五ツ半（午前九時）ごろ

である。そこは、魚河岸《うおがし》や米河岸が近くにあることもあって、大変な賑わいを見せていた。盤台を担いだぼてふり、魚の入った桶を運ぶ印半纏姿の魚屋、船頭、黒羽織姿の商人などがせわしそうに行き交っている。

半次たちは、その場に立って北町奉行所の定廻り同心、岡倉彦次郎が通りかかるのを待っていたのだ。岡倉は市中巡視のおり、江戸橋のたもとを通るのである。

「半次兄い、来やしたぜ」

浜吉が人通りに目をやりながら声を上げた。

見ると、人波の先に岡倉の姿が見えた。いつものように、小者の新助と岡っ引きの孫七を連れている。

岡倉は橋のたもとに立っている半次たちの姿を目にすると、近寄ってきて、

「おれを待ってたのかい」

と、訊いた。

「へい、旦那のお耳に入れておきたいことがありやして」

半次が小声で言った。

「歩きながら話すか。……半次、ついてきな」

岡倉はそう言って、入堀にかかる荒布橋《あらめばし》の方に足をむけた。荒布橋を渡ってそのまま東に歩き、浜町堀に突き当たってから両国方面にむかうのが、岡倉のふだんの巡視の道筋である。

半次と浜吉は岡倉に跟《つ》いて歩き、荒布橋を渡り終えたところで、

「娘たちを攫った一味がみえてきやした」

と、半次が切り出した。

「さすが、半次だ。やることが早《はえ》えじゃァねえか」

岡倉が言った。

「ですが、とんだへまをしちまいやして」

半次が小声で言った。顔に戸惑うような表情が浮いている。

「ともかく、話してみろ」

「へい、一味のひとりを探り出しやしてね。そいつの跡を尾けて、仲間の何人かつかんだんでさァ」

半次は、駕籠かきの豊造と勘助、女衒の政蔵、牢人の森と増山の名を口にした。

「五人も、つきとめたのかい」

岡倉が驚いたような顔をして振り返った。

「それが、豊造をつかまえやして口を割らせたんでさァ」

半次が首をすくめるようにして言った。

「それで」

岡倉が半次に顔をむけて訊いた。

「旦那に話さなかったのは、一味のやつらを油断させるためでして……」

半次の声がちいさくなった。

「まァいい。先を話してみろ」

「それが、昨夜、一味のやつらが長屋に押し込んできやしてね。つかまえておいた豊造を殺されちまったんでさァ」

半次は、六人で押し込んできたことを言い添えた。

「なに、一味の連中が仲間の豊造を殺したのか」

岡倉が驚いたような顔をして足をとめた。

「へい、口封じのようで」

「うむ……」

岡倉がけわしい顔をしてゆっくりと歩き出した。

しばらく、岡倉は黙考したまま堀江町の町筋を歩いていたが、前方の掘割にかかる親父橋《おやじばし》が見えてきたところで、

「それで、一味の頭は分かっているのか」

と、半次に顔をむけて訊いた。

「それが、はっきりしねえんでさァ。一味を動かしているのは、政蔵じゃァねえかとみてやすが……」

半次は、黒幕は幸兵衛ではないかと思っていたが、幸兵衛はほとんど表に出てこなかった。それで、政蔵が幸兵衛の指図をうけて、一味の者たちを動かしているのではないかとみたのである。

「女衒の政か」

岡倉が低い声で言った。どうやら、岡倉も政蔵のことは知っているようである。

「へい」

「こっちもな、政のことはつかんでたんだ。攫った娘たちを売りさばいていたのは、政じゃァねえかとみてたのよ」

「いま、政蔵は東仲町の花笠にいやすぜ」

半次が岡倉に身を寄せて言った。

「聖天町の隠れ家を出た後、花笠に隠れていたのか」

どうやら、岡倉も聖天町の隠れ家のことはつかんでいたらしい。

「その花笠のあるじが幸兵衛といいやして、山下でも清水屋ってえ大きな料理茶屋をやってるんでさァ。……あっしは、幸兵衛も一味のひとりと睨んでるんですが、はっきりしやせん」

半次は、幸兵衛が黒幕らしいとは言わなかった。まだ、推測だけで何の証《あかし》もないのだ。それに、もっとも肝心なお初たち娘の居所がつかめていないのである。

「政蔵の居所が分かってるなら捕らえて、口を割らせるか」

岡倉が言った。

「待ってくだせえ」

半次が慌てて言った。

「何か、都合の悪いことでもあるのかい」

「まだ、お初たちの居所が知れてねえんでさァ。居所だけでもつかんでから、お縄にしてえんで」

下手に動くと、政蔵たちは江戸から逃走するおり、お初たちを始末するか、連れて逃げるかするのではあるまいか。そうなると、お初たちを助け出すことがむずかしくなる。

「半次、長くは待てねえぜ。……政蔵たちはお上の手が及ばないとみて、さらに娘を攫うかもしれねえ。それにな、まごまごしてると攫われた娘たちは男たちの慰みものになって、親の許には帰れねえ身になっちまうかもしれねえぜ」

「分かっていやす。……何とか、お初たちの居所をつきとめやすんで、しばらく待ってくだせえ」

半次も、そう長くは待てないと思った。

第五章　料理茶屋

1

「よし、おれも行こう」

　十兵衛が声を強くして言った。

　半次の家に、長屋の男たちが集まっていた。半次、浜吉、十兵衛、熊造、磯吉、猪吉の六人である。

　半次が岡倉に会った日の夕方である。半次はこれからどうするか、相談するために十兵衛に声をかけたのだ。そして、半次の家で十兵衛と話しているところに、熊造たち三人が姿を見せたのである。熊造が半次の家の前を通りかかり、ふたりの話し声を耳にし、磯吉と猪吉に話したようである。

　半次はあらためて熊造たちに岡倉との話をかいつまんで伝え、

「清水屋を探ってみてえ」

と、言い添えたのだ。

すると、すぐに十兵衛がおれも行くと口にしたのである。

「あっしも、行きやすぜ」

熊造が身を乗り出すようにして言った。

つづいて、磯吉が、

「あっしは、お初を取り戻すためなら何でもしやす。あっしも、連れてってくだせえ」

と、涙声で訴えた。

こうなると、猪吉も黙っていられなくなり、

「女郎屋や料理茶屋のことなら、おれが長屋のなかじゃァ一番くわしい。おれを連れてていかねえ手はねえや」

と、胸を張って言った。

「分かった。みんなで行こうではないか」

十兵衛が言った。

「ですが、一味のやつらにお初たちを探していることが知れたら、ことですぜ。お初たちをどこかに連れていっちまうかもしれねえ」

半次は磯吉がそばにいたので、始末するとか江戸から連れ出すとか、きついことは口にしなかった。

「分からぬように動くしかないな」

「身装《みなり》を変えて行きゃァいい。水茶屋の『けころ』の品定めにでも来たように見せかけるんですよ」

猪吉が、目をひからせて言った。猪吉は吉原で妓夫をしていただけに、岡場所のことにもくわしいようだ。

けころとは「蹴転《けころ》ばし」のことで、水茶屋などの肌を売る茶汲み女のことだった。客のだれとでも寝る「転び芸者」からきたともいわれている。

「猪吉にまかせるよ」

半次は、妓夫だった猪吉にまかせた方が無難だと思った。

翌日の昼過ぎ、半次たちは権兵衛店を出て、山下に足をむけた。男たちの身装が長屋にいるときと変わっていた。磯吉と猪吉は縞柄の小袖に黒羽織姿だった。商家の旦那ふうである。半次と浜吉は小袖を裾高に尻っ端折りし、豆絞りの手ぬぐいで頬っかむりした。遊び人ふうの格好だった。熊造は印半纏を羽織り、黒股引《ももひき》を穿いて大工ふうに身を変えていた。また、十兵衛は御家人《ごけにん》ふうである。半次たちの衣装は、長屋をまわって集めたものだ。長屋には様々な生業の者がいるので、こうした衣装を借りることができる。

半次たちは身装を変えたこともあって、ひとり、ふたりと別れて歩いた。御家人と遊び人がいっしょに歩いていてはかえって人目を引くし、商家の旦那と遊び人が話しながら歩くのも変である。

半次たちは新堀川沿いの道を北にむかい、東本願寺の手前を左におれ、稲荷町の町筋をたどって山下に出た。

山下は賑わっていた。参詣客や遊山客にくわえ、御成街道の道筋でもあったので旅人の姿も目についた。

山下に着いた半次たちは、暮れ六ツ（午後六時）の鐘が鳴ったら、忍川にかかる三橋《みはし》のたもとに集まることを約して別れた。忍川は不忍池《しのばずのいけ》から流れ出している川で、三橋は寛永寺の黒門前にかかっている。

半次たちは政蔵や清水屋のあるじの幸兵衛のことを聞き込むとともに、ちかごろ十歳から十三歳ほどの娘が三人、売女のいる料理茶屋や水茶屋に売られてこなかったか、探ろうとしたのである。

半次は浜吉とふたりで、清水屋の近くにある水茶屋で聞き込んでみようと思った。茶汲み女にしろ女郎にしろ、同じように肌を売る女たちの間にはすぐ噂がひろまるはずである。

清水屋の脇に二軒、斜向かいに三軒の水茶屋が並んでいた。半次は清水屋が二軒の水茶屋を持っていると聞いていたので、斜向かいの隅の水茶屋に入ることにした。清水屋のやっている店で、清水屋のことは訊けなかったのである。

赤い前だれをかけた茶汲み女が三人いた。いずれも若く色っぽい娘たちである。ただ、化粧の加減で若く見えるのかもしれない。三人とも、十歳ほどの娘でないことは確かである。

店のなかには、畳張りの床几《しょうぎ》が並び、数人の男が腰を下ろして茶を飲んだり、莨をくゆらせたりしていた。小店の旦那ふうの男、職人、遊び人ふうの男などが、茶汲み女にチラチラと目をやっている。女たちの品定めをしているのであろう。

店の奥の茶釜《ちゃがま》が置いてある脇に、二階に上る階段があった。気に入った女がいれば、二階の座敷で抱くことができるのだ。

半次と浜吉が店に入ると、

「いらっしゃい」

と声を上げ、茶汲み女が下駄の音をさせて近付いてきた。

半次たちは店の隅の床几に腰を下ろし、近付いてきた女に、

「茶をくんな」

と、声をかけた。色白で、顔のふっくらした女である。富士額で、細い目をしていた。太り肉《じし》だが、可愛い顔をしている。

女は半次の脇に来ると、「初めてね」と小声で言い、流し目をくれてから茶釜の置いてある奥へむかった。茶釜の前に店のあるじらしい男がいる。

浜吉は身を硬くして床几に腰を下ろしていた。こうした店は初めてらしい。

待つまでもなく、女は茶を運んできた。ゆっくりした動作で、半次と浜吉の脇に湯飲みを置いた。

「おめえ、なんてえ名だい」

半次が訊いた。

「あたし、おすみ、よろしくね」

おすみはそう言って、意味ありげな目を半次にむけた。

「この店は、清水屋とかかわりがあるのかい」

半次が湯飲みに手を伸ばしながら訊いた。

「うちは、ちがいますよ。清水屋さんでやっている店は、脇にある二軒だけ」

おすみが言った。

「ちかごろ、この辺りの店に、十歳ほどのうぶな娘《こ》が三人もはいったと耳にして来たんだが、この店かい」

何気なく、半次が訊いた。浜吉は身を硬くしたまま黙っている。

「それ、清水屋さんじゃァない。……でもね、その娘《こ》たち、まだねんねでね。店には出さないそうですよ」

「店に出せねえのか」

そのとき、半次は胸の内で、

……お初たちは、清水屋にいる！

と、思った。まだ、客の相手はさせないのかもしれない。

「ねえ、あたしも、うぶなんだけど」

おすみが、鼻声で言った。

「おれたちはふたりだぜ。おめえ、ふたりを相手にするのかい」

「あかねさんを呼ぶよ。あかねさんね、まだ十六なの。きっと、そちらの若いお兄さんが、気に入ると思うよ」

おすみが、浜吉に目をやって言った。

浜吉は顔を赤らめ、照れたような顔をしている。

「おすみとあかねか、覚えておくぜ。……今日はまだ早《はえ》えから出直すよ」

そう言うと、半次は腰を上げた。これ以上訊くことはないと思ったのである。

「あら、もう帰っちまうのかい」

おすみは、河豚《ふぐ》のように頰をふくらませて言った。

半次は茶代を払って店を出た。それから、半次たちはすこし離れた水茶屋にも立ち寄って、それとなく話を訊いてみた。やはり、茶汲み女のひとりが、ちかごろ清水屋に十二、三の若い娘が来たらしい、と口にした。

……まちげえねえ。お初たちは、清水屋に連れてこられたんだ。

と、半次は確信した。

暮れ六ツ（午後六時）の鐘が鳴って三橋のたもとに行くと、十兵衛たち四人が待っていた。六人は薄暗くなった山下を歩き、浅草に出る下谷の町筋を歩きながら、それぞれが探ったことを口にした。

清水屋に十歳ほどの娘がいるらしいという話を聞き込んできたのは、半次たちだけではなかった。猪吉も、同じような話を聞いてきたのだ。

半次と猪吉の話を聞いた十兵衛が、

「お初たちは、清水屋にいるとみていいいな」

と、顔をけわしくして言った。

「す、すぐに、お初を助けにいきやしょう」

磯吉が足をとめて声を上げた。足踏みしている。娘のお初が清水屋にいると知ってじっとしていられなくなったのだろう。

「慌てるな。おれたちが迂闊《うかつ》に店に踏み込めば、お初を人質にとられて逃げられてしまうぞ。それに、おれが聞いた話では、清水屋にはうろんな牢人がひとりいるそうだ。森か増山が用心棒として店にいるにちがいない。お初たちを無事に助け出す策を考えてから、踏み込むのだ」

　十兵衛が重いひびきのある声で言った。

2

　廣徳寺《こうとくじ》の境内に二十人ほどの男が集まっていた。半次や十兵衛たち権兵衛店の男と岡倉をはじめとする十数人の捕方である。捕方といっても、捕物装束に身をかためた男たちではない。岡倉が手札を渡している岡っ引きと下っ引き、それに小者や中間たちで、ふだん岡倉が連れ歩くときの格好をしていた。岡倉もふだん巡視しているときの着流し、巻き羽織という姿で来ている。

　廣徳寺は下谷から浅草に通じる道沿いにあり、清水屋のある山下から近かった。

　半次はお初たちが清水屋にいるとみた翌日、さっそく岡倉と会い、

「清水屋の幸兵衛が、娘を攫った一味の頭目《とうもく》とみてやす」

　と話し、攫われたお初たちが清水屋に監禁されているらしいことを伝えた。

「取りちがいということはねえだろうな」

　岡倉が念を押すように訊いた。

「幸兵衛が頭目でなかったとしても、一味とかかわりがあることははっきりしてやす。……花笠に政蔵が身を隠していることだけとっても、取りちがいということはねえはずでさァ。それに、清水屋には、うろんな牢人が用心棒としているようですぜ。森か、増山にちがいねえ」

　半次は口にしなかったが、清水屋にお初たちがいれば、幸兵衛も言い逃れできないはずである。

「よし、幸兵衛をお縄にしよう」

　岡倉が肚《はら》をかためたように語気を強くして言った。

　そうしたやり取りがあって、岡倉や半次たちは廣徳寺の境内に集まっていたのだ。

「達造がもどってきやした」

　岡倉のそばにいた岡っ引きの孫七が言った。達造は岡倉の指示で、清水屋の様子を見にいっていたのである。

　達造は岡倉のそばに走り寄ると、

「清水屋が店をひらきやした」

と、報告した。

四ツ（午前十時）ごろだった。岡倉や半次たちは、清水屋が店をひらいてすぐ、まだ客の入らないうちに清水屋に踏み込むことにしてあったのだ。客が店に入ってからでは、大騒ぎになるからである。

「半次、手筈どおりだ」

岡倉が半次に言った。

「へい、あっしらが先に出やす」

半次は、すぐにそばにいた十兵衛たちに清水屋にむかうことを知らせた。半次たちは岡倉たちと別行動をとることになっていた。別行動といっても、半次たちが清水屋の裏手から踏み込み、岡倉たちが表から入るだけのことである。半次たちの目的は、お初たち三人の娘を助け出すことにあったのだ。

半次、浜吉、十兵衛、熊造、磯吉、猪吉の六人が小走りに山門から通りに出た。

岡倉をはじめとする捕方の一隊が後につづく。

半次たち六人は賑やかな山下に出ると、目立たないように人の流れに合わせて歩き出した。清水屋の者に気付かれたくなかったのである。

　半次たちは清水屋の近くまで来ると、料理屋の脇にあった細い裏路地に入った。その路地をたどると、清水屋の裏手にまわれるのだ。昨日のうちに、半次と浜吉は山下に来て清水屋の裏手にまわれる路地を確かめておいたのである。

　半次たちの後ろから来た岡倉たちは裏路地に入らず、清水屋の表にむかっていく。

　裏路地は狭く、ひっそりとしていた。人影はなく、路地の脇を流れる溝《どぶ》から嫌な臭いが立ち込めている。

　半次たちは清水屋の背戸の手前で足をとめた。

「ちょいと、様子を見てきやす」

　半次はそう言い残し、猪吉だけを連れて背戸に近付いた。猪吉なら清水屋のなかの様子が分かるのではないかとみたのである。

　半次と猪吉は背戸に近付いた。引き戸の向こうから、女の声や水を使う音が聞こえてきた。

「板場ですぜ。……料理の仕込みをしているようでさァ」

　と、猪吉が小声で言った。

人声や水音にまじって、床板を踏むような音も聞こえてきた。近くに、廊下から板敷きの間があるようだった。三、四人、板場にいるらしい。包丁人や女中であろう。

そのとき、慌ただしく廊下を歩くような足音がし、「おい、町方が踏み込んできたぞ！　表に来てくれ」と甲走った男の声がし、「増山の旦那を呼べ」という声が聞こえた。どうやら、清水屋にいるのは増山らしい。

岡倉たちが正面から踏み込んだようだ。

つづいて、三人ほどの廊下を走る慌ただしい足音が聞こえた。板場にいた男たちが、表にむかったらしい。

半次は十兵衛たちに顔をむけて右手を上げ、来てくれ、と手招きした。これを見て、十兵衛たちが走ってきた。

「踏み込むぞ」

半次が男たちに言った。

これが、半次と岡倉とでたてた策だった。岡倉たちが先に正面から踏み込み、幸兵衛や用心棒などを表に集め、その隙に裏口から半次たちが踏み込んでお初たちを助け出すのである。

半次が裏手の引き戸を引くと、すぐにあいた。戸口の先は、台所になっていた。土間に竈《へっつい》や薪《まき》置き場があり、その先の板敷きの間に調理場や食器類、酒器などを置く棚が並んでいた。

調理場に女中と包丁人らしい男がいた。ふたりは、裏口から押し入ってきた半次たちを見て、ギョッ、としたように立ちすくんだ。片襷《かただすき》を掛けた女中が怯えたように身を顫わせながら、

「ぬ、盗人《ぬすっと》！」

と、声をつまらせて言った。

半次、十兵衛、浜吉、熊造の四人が、すばやく土間から板敷きの調理場に踏み込み、女中と包丁人を押さえ付けた。

「おれたちは、町方だぜ。この店に、お初やお春たちがいるな」

半次は手にした十手を女中に突き付けて、訊いた。

「……し、知りません」

女中が声を震わせて言った。

「おい、しらをきるとおめえの首も、獄門台の上に載ることになるぜ」

「そ、そんな名の娘《こ》はいません」

女中が言った。

半次は、店ではお初やお春の名を使っていないのかもしれないと思い、

「ちかごろ、十二、三の娘が三人、この店に連れてこられたはずだ」

と、強い声で言った。

「その三人なら、二階の奥に……」

女中が、顫えながら言った。

「二階だ！」

半次はすぐに廊下にむかった。廊下の脇に二階につづく階段があったのだ。半次に、十兵衛と磯吉がつづいた。

浜吉、熊造、猪吉の三人は板場に残り、熊造が包丁人を押さえ付け、猪吉が流し場にあった包丁を手にして包丁人の胸元に突き付けた。浜吉は女中に十手をむけている。女中は腰を抜かしたらしく、流し場の隅にへたり込んだまま蒼ざめた顔で顫えていた。

3

半次たちは、階段を駆け上がった。廊下の両側にいくつも座敷があった。客用の座敷らしい。

「半次、奥だ！」

十兵衛が叫びざま、右手の奥へ走った。

廊下の左手は板壁になっていて行き止まりだった。右手の奥は鉤《かぎ》の手になっていて別の部屋があるようだ。

十兵衛の後に、半次と磯吉がつづいた。

鉤の手を左手にまがるとすぐ襖《ふすま》をたてた部屋があった。そこは、客用の座敷からは離れ、廊下に座布団が積まれ、莨盆を載せた台などもあって奥へ行きづらくなっている。

「この部屋だ」

十兵衛が襖をあけた。

部屋のなかは薄暗かった。隅に三人の娘が、寄り添うようにうずくまっていた。三人とも、緋色《ひいろ》の襦袢《じゅばん》ひとつだった。後ろ手に縛られているらしい。

薄暗い部屋のなかで、三人の顔と首筋が仄白《ほのじろ》く浮き上がったように見えた。お初の顔があった。他のふたりは、お春とおとせであろう。

お初は部屋に入ってきた三人の男を見ると、一瞬驚いたように目を瞠いたが、次の瞬間、

「おとっつァん！」

と声を上げ、首を伸ばして立ち上がろうとした。磯吉の顔を見たのである。

「お初！」

磯吉が、お初に飛び付くように身を寄せて抱き締めた。

ふたりは抱き合ったまま身を顫わせていたが、お初が磯吉の胸に顔を押し付けて、オンオンと泣き出した。お初は十歳だった。娘というよりまだ子供である。

「助けにきたぜ。お春とおとせか」

半次がふたりの娘に訊いた。

「は、はい、おとせです」

やつれた顔をした面長の娘が答えると、もうひとりの丸顔の娘が、声を震わせながら、お春です、と口にした。

半次はふたりの手を縛ってある紐《ひも》を解《ほど》きながら、

「もう心配ねえ。おとっつァんとおっかさんのところに帰《けえ》してやる。そこにある着物を身につけな」

と、言った。部屋の隅の衣桁《いこう》に小袖が掛けてあった。

三人の娘は紐を解いてもらうと、すぐに小袖に手を通し、しごき帯を結んだ。

「おれに、ついてきな」

半次と十兵衛が、先に廊下に出た。廊下に人影がないのを確かめてから、お初たち三人が部屋から出て、しんがりに磯吉がついた。

一階に下りる階段近くまで来たとき、一階の表の方で怒号と金物が弾《はじ》き合うような音が聞こえた。岡倉たち捕方と幸兵衛たちがやり合っているようだ。

「半次、娘たちを頼んだぞ」

十兵衛が半次に声をかけ、先に階段を駆け下りた。十兵衛の頭には、増山のことがあったのだろう。増山が刀を抜いて捕方に抵抗すると、何人も犠牲者が出るとみたようだ。

清水屋の戸口を取りかこむように捕方が集まっていた。捕方たちはいずれもこわばった顔で、手にした十手を戸口にむけている。

戸口の土間に、増山が立っていた。増山は刀を手にしていた。二階で聞こえた金属音は、増山が捕方の十手を弾いた音であろう。

土間の先が板敷きの間になっていて、その先に障子がたててあった。座敷になっているらしい。右手は奥につづく廊下になっている。

増山の背後に、商家の旦那ふうの格好をした大柄な男がいた。初老らしく、鬢や髷には白髪があった。眉が太く、ギョロリとした大きな目をしている。幸兵衛のようだ。その幸兵衛の脇に、男がふたりいた。ふたりの名は松五郎《まつごろう》と助八《すけはち》。ふたりとも、幸兵衛の子分である。

「幸兵衛、神妙に縛《ばく》につけぃ！」

岡倉が十手をむけて声を上げた。

「てまえは、お上に世話をかけるようなことをした覚えはございません。お役人さま、何かのまちがいでございます」

幸兵衛が、しゃがれ声で言った。恐怖や怯えの色はなかった。声のひびきに、ふてぶてしさがある。

「幸兵衛、見苦しいぞ。この期《ご》に及んで言い逃れするつもりか。おまえやそこにいる増山たちが、娘たちを攫ったことは分かっているのだ」

岡倉が語気を強くして言った。

「娘を攫ったなどと、言いがかりでございます。てまえは、娘たちを使っているだけでございます」

幸兵衛がそう言ったときだった。背後で廊下を走る足音がし、「増山、おれが相手だ！」と叫ぶ声が聞こえた。十兵衛が駆け付けたのである。

「旦那、後ろから来やがった！」

幸兵衛の脇にいた松五郎が甲走った声を上げ、思わず懐に呑んでいた匕首を抜いた。

幸兵衛と増山は、背後から近付いてくる十兵衛の姿を見て驚愕《きょうがく》した。十兵衛が店のなかに入り込んでいるとは、思わなかったのだろう。

「お初たち三人を助け出したぞ」

十兵衛が叫びざま、抜刀した。

「ちくしょう！　こうなったら、やるしかねえ」

幸兵衛の顔が憤怒《ふんぬ》にゆがみ、「みんな、出てこい！」と奥にむかって叫んだ。幸兵衛の物言いが、急に伝法になった。やくざ者の本性をあらわしたようだ。

カラリ、と土間の先にたててあった障子があいた。そこは帳場らしかった。男が四人いた。幸兵衛の子分や若い衆らしい。単衣を裾高に尻っ端折りし、両袖をたくし上げている。手に、匕首を持っている者もいた。

四人の男は、土間の先の板敷きの間から飛び出すと、土間に下りて幸兵衛のまわりに立った。

十兵衛は廊下から板敷きの間に出ると、

「増山、こい！」

と声を上げ、切っ先を増山にむけた。板敷きの間は狭かったが、ふたりで立ち合うだけのひろさはありそうだ。

「おのれ！」

増山が板敷きの間に上り、十兵衛と相対した。

このとき、岡倉の、「踏み込め！」という声がし、捕方たちが土間に踏み込んできた。十数人の捕方たちが、御用！　御用！　と声を上げて、土間や板敷きの隅にまわり込んだ。

「親分を逃がすんだ！」

叫んだのは、松五郎だった。

その声で、幸兵衛のまわりにいた松五郎たち六人が、手にした匕首を前に突き出すようにして身構えた。ただ、六人のなかには腰が引け、恐怖で身を顫わせている者もいた。筋金入りの子分ではなく、店の若い衆なのであろう。

4

十兵衛と増山は、二間半ほどの間合をとって対峙していた。一歩踏み込めば斬撃の間境を越える近間《ちかま》である。しかも横幅がなく、左右に跳ぶことはできなかった。

十兵衛は低い八相に構え、増山は青眼に構えていた。

……勝てる！

と、十兵衛は踏んだ。十兵衛の喉元にむけられた増山の切っ先が小刻みに震えていたのだ。増山の気が異様に昂っているためである。力み過ぎて肩に凝《こ》りがあらわれ、腕が震えているのだ。力みや肩の凝りは体を硬くし、一瞬の反応をにぶくする。

十兵衛が先に仕掛けた。趾《あしゆび》を這《は》わせるように動かし、ジリジリと間合を狭《せば》めていく。

増山は動かなかった。切っ先を十兵衛の喉元にむけたまま、切っ先をわずかに上下させて斬撃の気配を見せた。牽制《けんせい》である。斬り込むと見せて、十兵衛の寄り身をとめようとしたのである。

だが、十兵衛はさらに間合をつめ、斬撃の間境に迫るや否や仕掛けた。腰を沈めて斬撃の気配を見せたのだ。

瞬間、ピクッ、と増山の切っ先が跳ね上がった。十兵衛の斬撃の気配に、体が反応したのだ。この一瞬の動きを十兵衛がとらえた。

タアッ！

鋭い気合とともに、十兵衛の体が躍動し、閃光がはしった。

低い八相から袈裟に――。神速の一撃である。

咄嗟に、増山は刀身を振り上げて十兵衛の斬撃を受けたが、わずかに遅れた。

グッ、という呻き声が、増山の口から洩れた。

十兵衛の切っ先が、増山の肩に一寸ほど食い込んでいる。

次の瞬間、増山が後ろによろめいた。十兵衛の斬撃に押されたのである。

「突き!」

十兵衛が一声発し、踏み込みざま突きをはなった。

渾身《こんしん》の突きだった。刀身が増山の胸を貫き、切っ先が背から突き出た。

増山は低い呻き声を上げて、その場につっ立った。目をつり上げ、歯を剝き出している。

十兵衛が身を引きざま刀身を引き抜くと、増山の胸から血が奔騰《ほんとう》した。切っ先が、心ノ臓を突き刺したらしい。増山は血を撒《ま》きながらつっ立っていたが、グラッと体が揺れ、腰からくずれるように転倒した。

増山は板敷きの間に仰向けに倒れた。四肢をわずかに痙攣《けいれん》させていたが、呻き声も上げなかった。絶命したようである。増山の胸から流れ出た血が、赤い布をひろげていくように板敷きの間を染めていく。

これを見た幸兵衛のそばにいた若い衆のひとりが、悲鳴を上げて戸口から飛び出そうとした。その若い衆に、捕方のひとりが後ろから飛び付き、足をからめて土間に押し倒すと、別の捕方が若い衆を背後から押さえ付けた。

他の若い衆や子分が浮き足だった。顔が恐怖や怯えでひき攣《つ》り、手にした匕首が震えている。

「捕れ！」

岡倉が叫んだ。

その声で、数人の捕方が松五郎や助八の脇から踏み込み、十手をふるって襲いかかった。

松五郎たちは匕首をふるって抵抗したが、長くはつづかなかった。捕方たちに匕首をたたき落とされたり後ろから羽交締《はがいじ》めにされたりして押さえ付けられ、次々に早縄をかけられた。

幸兵衛は抵抗しなかった。もっとも、抵抗してもどうにもならなかっただろう。

幸兵衛は捕方たちのなすがままになり、後ろ手に縛り上げられた。

「引っ立てろ！」

岡倉が声を上げた。


先に清水屋を出た半次たちは、廣徳寺の境内で十兵衛や岡倉たちが来るのを待っていた。お初たちを助け出したら、寺の境内で待つことにしてあったのだ。

「岡倉さまだ！」

山門の脇で通りを見ていた浜吉が声を上げた。

十兵衛と岡倉たち捕方の一行が通りの先に見えた。捕縛した幸兵衛をはじめ数人の子分を引き立ててくる。

境内に入ってきた岡倉は、半次のそばに立っているお初たち三人の娘を目にすると、近付いてきて、

「よかったな。すぐに、親たちのところに帰してやるぜ」

と、声をかけた。めずらしくやさしい声である。岡倉も、三人の娘がまだ子供のようだったので、かわいそうだと思ったのだろう。

「あ、ありがとうございます」

と、三人のなかでは年上のおとせが涙声で言うと、お初とお春の目から涙が溢れ出て頰をつたった。

それから、半次は岡倉とこれからどうするか相談した。半次の脇に十兵衛もいて、ふたりのやり取りを耳にしている。

「花笠に、政蔵がいるのだな」

岡倉が半次に念を押すように訊いた。

「はっきりしやせんが、森もいるかもしれやせん」

半次は、お滝が花笠に大柄な牢人が出入りしていると口にしたのを思い出した。

「いずれにしろ、すぐ手を打たねばならんな。幸兵衛が捕らえられたことは、すぐに花笠にも知れるからな」

岡倉が顔をひきしめて言った。

すると、岡倉と半次のやり取りを聞いていた十兵衛が、

「どうだ、これから花笠に出向いて政蔵をお縄にしたら」

と、口をはさんだ。

「それも手だが、すでに花笠は店をひらいているはずだ。客のいる料理屋に踏み込めば大騒ぎになるだろうな。……これだけの手勢では、その騒ぎに乗じて政蔵たちに逃げられる恐れがある」

岡倉が言った。

「うむ……」

十兵衛がむずかしい顔をして口をつぐんだ。

「それに、捕らえた幸兵衛たちを連れたまま花笠にむかうのはどうもな」

岡倉が戸惑うような顔をした。

「岡倉の旦那、花笠に踏み込むのは、明日の朝にしやしょうか。……政蔵は、すぐに花笠から逃げねえはずでさァ」

半次が言った。

「どうして、そうみる」

「まだ、政蔵は町方に居所をつかまれていると思っちゃァいませんよ。町方が花笠に政蔵がひそんでいることをつかんでいれば、すくなくとも清水屋といっしょに花笠に踏み込んでくる、そう政蔵はみるんじゃァねえかな。……町方が政蔵の居所をつかむのは、捕らえられた幸兵衛たちが吟味されてからと読むはずでさァ」

「そうかもしれねえ」

　岡倉がうなずいた。

「いまごろ、政蔵は江戸から逃げるために有り金を掻《か》き集め、主だった子分たちを呼び集めているかもしれやせんぜ」

「半次の言うとおりだが、明日の朝まで政蔵から目を離すわけにはいかねえな」

　岡倉はそう言うと、達造と孫七を呼び、手下をつれて東仲町に出向いて、花笠を見張り、何かあったらすぐ知らせるよう指示した。岡倉は慎重である。

「承知しやした」

　達造が答え、それぞれ下っ引きをひとりずつ連れて、その場を離れた。

　すると、半次も浜吉を呼び、おめえも、おれが行くまで花笠を見張っててくんな、と言った。半次も、政蔵が花笠から逃げようとすれば、すぐに駆け付けなければならないと思ったのだ。

「へい」

　と答え、浜吉も東仲町にむかった。

「とりあえず、おれは幸兵衛たちを番屋にあずけ、お春とおとせを親許に帰そう」

岡倉によると、捕らえた幸兵衛と松五郎たち子分は神田佐久間町にある番屋に連れていき、手先を数人置いて見張りにあたらせるそうだ。また、お春とおとせの家は佐久間町から近いので、手先を親許に走らせ、番屋まで迎えにこさせるつもりだという。岡倉の言うとおり、神田豊島町にあるお春の家も、浅草福井町にあるおとせの家も佐久間町から近かった。

「半次、お初はおめえたちで親許に帰してくんな」

「旦那、お初の親はここにいやすぜ」

半次はそう言って、お初の脇に立っている磯吉を指差した。

「八丁堀の旦那、ありがとうごぜえやす。旦那たちのお蔭《かげ》で、お初が無事に帰《けえ》ってきやした」

磯吉が涙声で言った。

「おれじゃァねえよ。……ここにいる半次や長屋の者が三人の娘を助け出したんじゃァねえか」

岡倉が苦笑いを浮かべて言った。

「よかったねえ、お初ちゃんが、無事に帰ってきて」

お寅が目を細めて言った。

5

「み、みんなの、お蔭だよ。長屋のみんなが、お初を助け出してくれたんだ」

お峰が、やつれた顔をくしゃくしゃにし、洟をすすり上げながら言った。泣いているのか笑っているのか分からないような顔をしている。

お初は母親のお峰と父親の磯吉の間で、ほっとしたような顔をして座っていた。こわばっていた顔がなごみ、笑みが浮いている。家に帰ってきて、父母といっしょにいられるようになりすっかり安心したようだ。

そこは、権兵衛店の磯吉の家だった。半次たちがお初を家に連れかえると、それを知った長屋の住人たちが、すぐに集まってきたのだ。

いま、磯吉の家の座敷には、半次や十兵衛たちをはじめお寅や忠兵衛など長屋の者たちが座り込んで足の踏み場もないほどだった。座敷だけではなかった。座敷に上がれなかった女房連中や子供たちが、土間や戸口にもいっぱい集まっている。

「それにしても、谷崎の旦那や半次たちはよくやってくれたなァ。……旦那や半次たちが長屋にいてくれれば、わしらは安心だ」

忠兵衛が、座敷や戸口にいる者にも聞こえるような声で言った。

すると、座敷の者たちがいっせいにうなずき、土間や戸口に立っている者たちの間から、「旦那たちのお蔭だよ」「うちの長屋には、御用聞きと剣術の強いお侍がいるからね」「半次さんと谷崎の旦那がいれば安心だよ」などという声が聞こえてきた。

いっとき、半次は照れたような笑いを浮かべていたが、何かを思い出したように急にまじめな顔をして、

「谷崎の旦那、ちょいと」

と、十兵衛に耳打ちして腰を上げた。いつまでも、この場に座っているわけにはいかなかったのだ。

十兵衛は戸口から出ると、どうした、半次、と訊いた。

「これから、東仲町へ行ってきやす」

半次は浜吉に見張りをさせておいたが、やはり心配だったのだ。幸兵衛が捕らえられたことを知った政蔵たちに、何か動きがあるかもしれない。そして、政蔵や森が花笠を出たとき、浜吉が政蔵たちを捕らえようとして十手をむければ、どうなるか。おそらく、斬り殺されるだろう。それに、半次は花笠に娘たちを攫った一味のだれがいるのかも、明朝までにつきとめておきたかったのだ。

「おれも行こうか」

十兵衛が言った。

「いえ、ちょいと様子を見てくるだけでさァ。旦那は長屋にいてくだせえ」

半次は、もし政蔵たちが花笠を出たら行き先をつきとめればいいと思った。まさか、今日のうちに江戸を発《た》つようなことはないだろう。

「分かった。おれは長屋にいよう」

十兵衛も、政蔵や森を捕らえるのは明朝だとみていたのだ。

半次はひとりで長屋を後にすると、新堀川沿いの通りに出て東本願寺の脇の橋を渡った。東本願寺の門前を通って東にむかえば、東仲町はすぐである。

七ツ（午後四時）ごろであろうか。東仲町の花笠のある表通りは、いつものように賑わっていた。様々な身分の参詣客、それに岡場所や料理屋目当ての遊山客などが行き交っている。

半次は花笠に近付くと、料理屋の脇の裏路地をたどって花笠の裏手にまわった。そこは、浜吉とふたりでお滝から話を聞くために行ったことのある裏路地である。半次は、浜吉が花笠に出入りする者を見張るなら、裏手だと見当をつけて来たのである。

以前、半次と浜吉が身を隠した芥溜のそばまで来たとき、芥溜の脇の八つ手の枝が揺れ、浜吉が顔を出した。

「兄い、あっしはここに」

浜吉が、小声で言った。

半次はすぐに八つ手の陰にまわった。花笠の背戸から、店の者が出てくるかもしれないのだ。

「どうだ、政蔵は店にいるか」

半次は、まずそのことを訊いた。

「いるはずでさァ。半刻（一時間）ほど前に、伝次郎が慌てた様子で裏から店に入《へえ》っていきやした」

　浜吉が小声で言った。

「そうか」

　政蔵は店にいるとみていい、と半次も思った。伝次郎が来たということは、政蔵が店にいるからであろう。伝次郎は幸兵衛が町方に捕らえられたことを耳にし、政蔵に知らせに来たのかもしれない。

「他にも、店に入《へえ》った者がいるかい」

「へい、勘助も来やした」

　浜吉によると、伝次郎の後、小半刻（三十分）ほどして勘助が姿を見せ、慌てた様子で裏口から入っていったという。ふたりとも、まだ店から出ていないそうだ。

「いまごろ、政蔵たちは江戸から逃げ出す算段をしているのかもしれねえなァ」

　逃げ出すとしても、明日だろう、と半次はみた。

　そのとき、路地の先で足音が聞こえた。足音の方へ目をやると、牢人体の大柄な男が足早にやってくる。

「森だ！」

半次が、声を殺して言った。

森剛右衛門だった。森は半次たちがひそんでいる方へ歩いてくる。森はたっつけ袴に草鞋《わらじ》履きだった。網代笠を手に持っている。

……旅装束だぞ！

やはり、政蔵や森たちは江戸から逃げるつもりらしい。おそらく、森は幸兵衛たちが捕らえられたことを知って、いつでも旅に出られるように身支度をした上で、花笠に足を運んできたのだ。いざとなったら、江戸から逃走する話がしてあったのかもしれない。

森は花笠の裏口の引き戸をあけて店のなかに入った。

「役者がそろったな」

「兄い、やつら江戸から逃げるつもりですぜ」

浜吉が緊張した顔付きで言った。

「逃がさねえよ」

半次は、花笠の背戸を睨むように見すえて言った。

それから半次たちは、辺りが夜陰につつまれるまで裏口を見張り、政蔵や森たちが店にいるのを確認してからその場を離れた。

「浜吉、やつらをお縄にするのは、明日の朝だぜ」

半次が、夜陰のなかでつぶやくように言った。

明日の払暁《ふつぎょう》、政蔵たちは花笠を発つつもりなのだろう。

第六章　払暁の大捕物

1

……おい、半次、起きてるか。

腰高障子の向こうで、十兵衛の声がした。

「起きてやすぜ」

半次は、懐に十手をしまいながら言った。権兵衛店の半次の家に半次と浜吉がいた。部屋のなかは暗く、座敷の隅に行灯が点《とも》っていた。まだ払暁前である。昨夜、浜吉は半次の家で寝たのだ。

「浜吉、支度はいいか」

半次が上がり框近くにいる浜吉に訊いた。

「へい、支度はできていやす」

浜吉が胸を押さえて答えた。懐に十手が入っているらしい。峰五郎が使っていた十手である。腰には、捕縄《とりなわ》がぶら下がっていた。半次たちは、これから花笠にいる政蔵や森たちを捕らえにいくのである。半次は、できれば浜吉の手で、政蔵に縄をかけさせてやりたかった。浜吉も殺された峰五郎の敵《かたき》として、政蔵に縄をかけたいにちがいない。峰五郎を斬ったのは森だが、その森に指図していたのは政蔵だった。浜吉にすれば、政蔵を捕らえることで峰五郎の敵を討ったことになるはずである。それに、浜吉が、森を討つのはむずかしい。十兵衛に森はまかせることになるだろう。

半次と浜吉は腰高障子をあけて外に出た。戸口で、十兵衛が待っていた。まだ、辺りは暗かった。家々から洩れてくる灯《ひ》もなく、長屋はひっそりと夜の帳《とばり》につつまれている。それでも東の空はかすかに明らみ、曙色《あけぼのいろ》に染まっていた。

「半次、よく起きられたな」

十兵衛が、半次の顔を覗きながら言った。

「おれだって、大事なときはちゃんと起きますよ」

半次が言うと、

「あっしが、起こしたんでさァ」

浜吉が、脇から口をはさんだ。

「おめえが起こす前に、目を覚ましてたんだよ。……そんなこたァ、どうでもいい。旦那、行きやすか」

半次は歩き出した。

「そうだな」

半次たち三人は路地木戸から路地に出ると、寝静まった元鳥越町の町筋を東にむかって歩いた。そして、新堀川沿いの通りに出て北に足をむけた。

「旦那、お嬢さんは、どうしていやす」

歩きながら半次が訊いた。紀乃は暗いうちに起きだし、十兵衛に湯漬けでも作って食わしたのではあるまいか。

「朝めしを作ってくれたよ。……出がけに、一眠りするよう言ってきたがな」

十兵衛が、起きてるだろうな、いまからでは寝られないからな、とつぶやくような声で言った。十兵衛の顔に、娘をいとおしむような表情が浮いた。十兵衛はあまり顔に出さなかったが、ひとり娘の紀乃を目のなかに入れてもいたくないほど可愛がっていたのだ。だからこそ、娘を攫われた磯吉やお峰の気持ちが分かり、お初を助け出すために手をつくしてくれたのだ。

「政蔵たちを捕らえれば、始末がつきまさァ」

そうすれば、十兵衛が払暁前に長屋からでるようなこともなくなるだろう。

「分かっている」

十兵衛がうなずいた。

そんなやり取りをしながら、半次たちは東本願寺の門前から裏門の前を経て浅草寺の門前通りに入った。そこは、広小路になっていた。日中は、参詣客や遊山客でごった返している広小路も、いまはひっそりとして人影はなかった。広小路沿いの料理屋や料理茶屋なども、夜陰につつまれて寝静まっている。

「岡倉の旦那たちがいやすぜ」

半次が言った。

浅草寺の雷門の手前にいくつもの黒い人影が見えた。岡倉と捕方たちだった。岡倉たちは、花笠に踏み込む前、雷門の手前に集まることになっていたのだ。二十人ほどいるだろうか。清水屋に踏み込んだときより多いようだ。おそらく、花笠には政蔵と森だけでなく伝次郎や勘助もいると聞いて、捕方を多く集めたのだろう。なかには、六尺棒を持っている男もいた。

「遅れやした」

半次が岡倉に言った。

「なに、どうせ、明るくならねえと踏み込めねえんだ」

そう言って、岡倉は東の空に目をやった。

東の空はだいぶ明るくなっていた。曙色がひろがり、闇につつまれていた家々もその輪郭をあらわし始めている。

「森は、花笠にいるかな」

十兵衛は森のことが気になっているようだ。十兵衛が捕方にくわわったのは、自分の手で森を仕留めたいという気があったからなのだ。

「いるはずですぜ」

岡倉によると、すでに手先が花笠に出向き、店の表と裏を見張っているという。政蔵たちに動きがあれば、すぐに知らせにくることになっているそうだ。

「そろそろ行くか」

岡倉が言った。

町筋が白《しら》んでくれば、花笠に踏み込むことができる。岡倉は繁華街が寝静まっているときに政蔵たちを捕らえたかったのだ。

岡倉たちが先にたち、半次たちは一隊の後ろについた。東仲町の表通りに入って間もなく、前方に花笠が見えてきた。空が明るくなり、上空の星のまたたきはひかりを失いつつあった。花笠も淡い夜陰のなかにその輪郭をくっきりとあらわし、戸口の格子戸やつつじの植え込みなどもはっきりと見えるようになってきた。

そのとき、足音がし、前方に人影が見えた。こちらに、小走りに近寄ってくる。達造だった。花笠の見張りをしていたのだろう。

達造は岡倉のそばに走り寄ると、

「政蔵たちは、起きているようですぜ」

と言った。店のなかで、物音や男の話し声が聞こえたという。

「旅に出るなら、そろそろ出てくるころだな」

岡倉が、後ろにいる半次たちにも聞こえる声で言った。

このころの旅立ちは早かった。払暁のうちに出発するのが、普通である。

岡倉は花笠の前まで来ると、念のために数人の捕方に裏手にまわるよう指示し、残った捕方たちに、

「戸口をかためろ」

と、小声で伝えた。岡倉は、政蔵たちは表から出てくるとみていた。町筋はまだ寝静まっているので、目撃されないように裏から出る必要はないのだ。

捕方たちは、いっせいに動いた。なかにいる政蔵たちに気付かれないよう足音を消して、格子戸の戸口の両側に分かれて身を隠した。身を隠すといっても、戸口から見えない場所に移動しただけである。

「おれたちも、表でいいな」

十兵衛が小声で言い、戸口の脇にまわり込んだ。

半次は戸口に身を寄せ、なかの様子をうかがった。聞き耳をたてると物音と話し声が聞こえた。男のくぐもったような声である。だれの声か分からなかったが、何人かいるようだった。

廊下を数人で歩く音が聞こえた。戸口の方に近付いてくる。「まだ、暗いな」「そろそろ夜が明けやすぜ」というふたりの男の声がはっきりと聞こえた。つづいて、

土間へ下りる音がした。

「出てきやす」

半次は声を殺して言い、十兵衛や岡倉たちに手を振って知らせた。

2

そろそろと、格子戸があいた。黒い人影が三つ、戸口から外へ出てきた。伝次郎と勘助、それに長七だった。三人は旅装束だった。腰高に尻っ端折りし、手甲《てっこう》、脚半《きゃはん》に草鞋履き、振り分け荷を肩にかけている。

伝次郎が戸口から通りの左右に目をやり、後ろを振り返って何やら声をかけると、つづいて政蔵と森が姿を見せた。やはり、ふたりも旅装束だった。

五人が戸口から離れようとしたとき、戸口の両脇にいた捕方たちがいっせいに飛び出し、政蔵たち五人を取りかこんだ。

一瞬、政蔵たちは、ギョッとしたように立《た》ち竦《すく》んだが、すぐに状況を察知し、持っていた菅笠を捨てて腰の長脇差に手をかけた。

「神妙に縛につけぃ！」

岡倉が声を上げ、十手の先を政蔵にむけた。

すると、捕方たちも、御用！　御用！　と声を上げ、手にした十手や六尺棒を政蔵たち五人の男にむけた。

半次と浜吉は、政蔵の脇にまわり込み、手にした十手をむけた。浜吉の顔がこわばり、十手の先が小刻みに震えていた。異様に気が昂り、体が硬くなっているのだ。

「浜吉、焦るんじゃァねえぜ」

半次が声をかけると、

「へい」

浜吉がこわばった顔でうなずいた。

「ちくしょう！　おれたちが、出てくるのを待ち伏せてやがったな」

伝次郎が甲走った声を上げて長脇差を抜き、腰を沈めて身構えた。怒りと興奮で、目がつり上がっている。

伝次郎につづいて、勘助、政蔵、長七の三人も長脇差を抜いた。町方の縄を受ける気はないようだ。

「皆殺しにしてやる」

森は捕方たちを睨むように見すえ、手にした網代笠を脇に投げた。そして、ゆっくりした動作で刀を抜いた。

これを見た十兵衛が、すばやく森の前にまわり込み、

「森、うぬの相手はおれだ」

と声を上げて、対峙した。

「おのれ！　谷崎」

森の顔が赭黒く染まった。森も、気が昂っているらしい。

「森、おぬしと立ち合う前に訊いておきたいことがある」

「なんだ」

「おぬしほどの腕がありながら、なぜ女衒の政などと組んで、凶刃《きようじん》をふるうのだ」

十兵衛は、森ほどの腕があれば、仕官は無理でも町道場の師範代ぐらいつとまるのではないかと思った。

「酒と女のためだ。剣では食っていけないからな。……谷崎、おぬしも似たようなものではないか。なかなかの腕だが、日傭取りの長屋住まいだ」

森の口元に嘲笑が浮いた。

「おぬしの言うとおりだが、おれは女を泣かせるようなことはせぬ」

そう言って、十兵衛は切っ先を森にむけた。

「結構なことだな」

森の口元から嘲笑が消えた。

「いくぞ」

と一声上げ、森はすばやく八相に構えた。権兵衛店で立ち合ったときとちがう構えである。

十兵衛は青眼に構えると、やや切っ先を上げて森の左拳《こぶし》につけた。上段や八相に応じる構えである。

ふたりの間合は、およそ三間半。一足一刀の間境の外である。

……袈裟にくる！

と、十兵衛は読んだ。森は初太刀《しょだち》から袈裟に斬り込み、その剛剣で十兵衛の体勢をくずす気なのだ。

十兵衛の脳裏に、殺された峰五郎の刀傷がよぎった。肩から胸にかけて深く斬られ、傷口から截断された鎖骨が覗いていた。森が袈裟に斬った傷である。

森の袈裟斬りは、膂力のこもった強い斬撃である。迂闊に受けられない。十兵衛は権兵衛店で立ち合ったとき、その剛剣は経験していた。

「いくぞ！」

森が足裏を摺るようにして、ジリジリと間合を狭めてきた。その巨体とあいまって、大岩が迫って来るような威圧感があった。

だが、十兵衛は引かなかった。全身に気魄を込め、切っ先を森の左拳につけて森の威圧に耐えている。

……先《せん》をとる。

と、十兵衛は決めた。

森の袈裟にくる剛剣を受けるのではなく、先に仕掛けることで剛剣を封じるのである。

森が一足一刀の斬撃の間境に迫ってきた。しだいに剣気が高まり、全身から痺《しび》れるような殺気をはなっている。

森は斬撃の間境にあと半歩のところに迫ると、全身に斬撃の気配を見せ、イヤアッ！

突如、裂帛の気合を発した。凄まじい気当《きあ》てである。斬撃の気配と気合で、敵を動揺させ己を鼓舞しようとしたのだ。

だが、十兵衛は気を乱さなかった。そればかりか、森が気合を発した瞬間、わずかに構えがくずれた隙をとらえた。

十兵衛の全身に斬撃の気がはしり、体が躍動した。

タアッ！

鋭い気合と同時に閃光がはしった。

青眼から森の左拳へ。突き込むような斬撃だった。

咄嗟に、森は後ろに引きざま八相から刀身を払った。十兵衛の斬撃をはじこうとしたのである。

キーン、という甲高い金属音がひびき、十兵衛の刀がはじかれ、森の刀は袈裟に流れた。

だが、十兵衛の斬撃は捨て太刀といってよかった。十兵衛は森の八相からの斬撃で、己の刀がはじかれると読んでいたのである。

次の瞬間、十兵衛ははじかれた刀身を返しざま、袈裟に斬り込んだ。一瞬の太刀捌きである。

間髪をいれず、森も二の太刀をはなった。袈裟に流れた刀身を返し、横一文字に払ったのである。森の二の太刀も迅《はや》かった。

二筋の閃光が、袈裟と横一文字にはしった。

ザクッ、と森の着物が肩から胸にかけて裂け、あらわになった肌に血の線がはしった。

一方、十兵衛も森の切っ先をあびていた。着物の右袖が横に裂け、露出した二の腕にかすかに血の色がある。

次の瞬間、ふたりは大きく後ろに跳んで間合をとり、ふたたび青眼と八相に構え合った。

森の肩の傷から、ふつふつと血が噴き、赤い筋になって流れていた。十兵衛の二の腕も赤く染まっている。

「相打ちか」

森が十兵衛を見すえ、低い声で言った。顔が赭黒く染まり、双眸が猛禽《もうきん》のようにひかっている。一合し、血を見たことで、気が異様に昂っているのだ。

「そうかな」

十兵衛は、相打ちとは思わなかった。己の切っ先の方が、森の肩口を深くとらえていたのである。それに、森は平静さを失っていた。気の昂りが異様だった。闘気は増しているが、体が硬くなっている。

今度は、十兵衛が先に仕掛けた。摺り足で、すこしずつ間合を狭め始めた。腰の据わった隙のない構えである。

と、森も動いた。やはり、摺り足で間合をつめてきたのだ。

お互いを引き合うように、一気にふたりの間合が狭まった。

一足一刀の間境に迫るや否や、森が先に仕掛けた。

イヤアッ！

裂帛の気合を発し、八相から袈裟へ。稲妻のような斬撃である。

刹那《せつな》、十兵衛はわずかに身を引いた。

森の切っ先が、十兵衛の肩口の先を流れて空《くう》を切った。一寸の差だった。十兵衛は森の斬撃を読んで、見切ったのである。

間髪をいれず、十兵衛が斬り込んだ。

タァッ！

鋭い気合とともに青眼から袈裟へ。神速の一撃である。

その切っ先が、森の首筋をとらえた。

ビュッ、と血が赤い帯のようにはしった。十兵衛の切っ先が森の首の血管《ちくだ》を斬ったのだ。

森は血飛沫《ちしぶき》を上げながら、たたらを踏むようによろめいた。三間ほど泳いで足がとまる。と、反転しようとして体をひねったが、腰がくだけ、そのままくずれるように転倒した。

地面に俯せに倒れた森は、両腕をつっ張って身を起こそうとしたが、首がわずかに動いただけだった。伏臥《ふくが》した森は、喘鳴《ぜんめい》のような息を洩らしていたが、すぐに聞こえなくなった。息絶えたようである。首筋から流れ落ちる血が地面にひろがり、赤い血溜まりを作っていく。

十兵衛は血刀を引っ提げたまま倒れている森の脇に立つと、

……紙一重だったな。

と、胸の内でつぶやいた。

勝負は一瞬の差だった。十兵衛が身を引くのが一瞬遅れたら、地面に横たわっているのは、十兵衛だったはずである。

十兵衛は目を半次や岡倉たちに転じた。まだ、捕物は終わっていなかった。半次や捕方たちが十手や六尺棒を手にして、政蔵、伝次郎、勘助、長七の四人を取りかこんでいる。

3

このとき、半次は政蔵と相対し、十手をむけていた。浜吉は政蔵の左手にまわり込み、いまにも飛びかかっていきそうな気配を見せていた。他に、六尺棒を手にした捕方が政蔵の右手にいた。三人で、政蔵を取りかこんでいる。

政蔵は長脇差を抜いて身構えていた。ただ、腰が引け、手にした長脇差の切っ先は半次の頭上にむけられている。

政蔵の顔はこわばり、目が血走っていた。歯を剝き出し、追いつめられた獣《けもの》のように荒い息を吐いている。

「政蔵、てめえらは、前《めえ》から娘を攫って売り飛ばしていたな」

半次は、これまでも、まだ子供のような娘が人攫いに遭っていなくなったという噂を耳にしていたのだ。

「そうよ。江戸にはな、若くて器量のいい娘がいくらもいるんだ。なにも、苦労して在をまわり、高い金を出してへちゃむくれを買ってくることはねえやな」

政蔵が口元に薄笑いを浮かべて言った。だが、半次にむけられた目は、笑っていなかった。蛇《くちなわ》を思わせるような細い目には、狂気を帯びた異様なひかりがあった。

「てめえのような悪党は、獄門台に送ってやる」

半次の胸に、強い怒りが衝き上げてきた。

「そうはいかねえ。こうなったら、てめえら皆殺しにしてやる」

政蔵が、長脇差を振り上げた。構えもなにもなかった。振り上げた長脇差を振り下ろすだけの喧嘩殺法であろう。

「きやがれ！」

半次は右足を前にし、十手の先を政蔵の喉にむけた。なかなかの構えである。

半次は十兵衛に剣術の手解《てほど》きを受けたことがあった。十兵衛が暇を持て余しているとき、遊び半分で指南してくれたのだ。半次は刀術の動きを十手にも応用し、構えや足運び、相手の斬撃の受け方などを自分で工夫した。十手術とまではいかないが、政蔵のような剣術の心得のない者が相手のときは、多少役にたつはずである。

いきなり、政蔵が踏み込んできて、

「くたばれ！」

と叫びざま、振り上げた長脇差を斬り下ろした。

咄嗟に、半次は十手を横に振って長脇差をはじいた。金属の擦れるにぶい音がし、長脇差が空を切って流れた。

勢い余った政蔵が、たたらを踏むように泳いだ。

これを見た浜吉が、

「これでも、食らえ！」

と叫び、飛び付くような勢いで政蔵の脇に身を寄せると、手にした十手を力まかせに振り下ろした。

ゴン、というにぶい音がし、政蔵の首が横にかしいだ。浜吉が、十手で政蔵の頭を殴りつけたのである。

「い、痛《いて》え！」

悲鳴のような声を上げ、政蔵が後ろによろめいた。

政蔵は足を止めて反転すると、

「やろう！　死ね」

吼《ほ》えるような声で叫び、長脇差を振りまわした。顔が土気色《つちけいろ》をし、目がつり上がっている。狂乱の態《てい》である。

こうなると、半次も迂闊に近付けなかった。死に物狂いで斬りかかってくる者ほど厄介な相手はいない。

そのとき、捕方が右手から、政蔵の脇腹めがけて六尺棒を突き出した。

六尺棒の先が、政蔵の脇腹に当たった。政蔵は横に突き飛ばされ、グッと喉のつまったような呻き声を上げてよろめいた。その拍子に腰がくずれて、地面に両膝をついた。

政蔵はすぐに立ち上がろうとしたが、前から半次が踏み込み、膝の前に落ちていた長脇差を奪いとった。

「浜吉、縄をかけろ！」

　半次が叫んだ。

「へい」

　浜吉はすばやく政蔵の後ろにまわると、うずくまっている政蔵の両手を後ろにとった。そして、腰にぶらさげていた捕縄をはずし、

「この縄はな、おめえたちに殺された峰五郎親分の縄だ。この縄でてめえを縛って、獄門台に送ってやる」

　浜吉はうわずった声を上げながら、政蔵の両手を縛り上げた。政蔵は目を剝き、ハァハァと荒い息を吐いている。

「浜吉、よくやったぜ」

　後ろから、半次が声をかけた。

「半次親分のお蔭でさァ」

「親分じゃァねえ。おれは、兄いでいい」

「半次兄い……」

　浜吉が首をすくめながら言い直した。

半次は伝次郎たちに目をやった。勘助と長七は捕方に縄を受けていたが、伝次郎はまだ抵抗していた。

数人の捕方が伝次郎のまわりを取りかこみ、十手や六尺棒をむけていた。伝次郎は長脇差をふりかざして抵抗していたが、ひどい姿だった。元結《もとゆい》が切れて、ざんばら髪である。襟元がはだけ、尻っ端折りした着物の裾が垂れ下がっていた。十手か六尺棒で殴られたのだろう。瞼が腫れ上がり、血がにじんでいる。

捕方たちのすぐ後ろに、十兵衛の姿があった。十兵衛は刀を手にしたまま捕方に目をむけている。捕方が危ういとみれば、すぐに踏み込んでいくつもりのようだ。

……おれたちの出る幕はなさそうだ。

と、半次は思った。

そのとき、伝次郎の左手にいた大柄な捕方がいきなり踏み込み、六尺棒で伝次郎に殴りかかった。

咄嗟に、伝次郎は長脇差をふるって六尺棒をはじいたが、体勢がくずれてよろめいた。すかさず、正面にいた別の捕方が手にした六尺棒を振り下ろした。その先が伝次郎の右手を強打し、長脇差が足元に落ちた。

　これを見たふたりの捕方が伝次郎に飛び付き、ひとりが背後から両肩をつかみ、もうひとりが腰のあたりに抱き付いて、伝次郎を地面に押し倒した。

「縄をかけろ！」

　岡倉が声を上げた。

　すると、伝次郎を押さえ付けていたふたりの捕方が、伝次郎の両手を後ろにとって早縄をかけた。

　半次は十兵衛の脇に近付くと、

「旦那、始末がつきやしたね」

　と、小声で言った。

「そうだな。浜吉が政蔵にも縄をかけたようだし、これで一味はひとり残らず始末がついたわけだ」

　十兵衛は、花笠の戸口近くにいる浜吉に目をやった。

　浜吉は、政蔵を縛った縄をつかんで立っていた。そのまわりを、数人の捕方が取りかこんでいる。

「引っ立てろ！」

岡倉が捕方たちに指示した。

「おれたちも、長屋に帰るか」

十兵衛が言った。

「へい」

半次は、東の空に目をやった。曙色に染まっている。晴天らしく、頭上には青空がひろがっていた。

朝の遅い東仲町の表通りはまだ静寂につつまれていたが、ちらほらと人影があった。朝の早いぼてふりや豆腐売りなどが、動き出したようだ。通りかかった男たちは思いがけない払暁の大捕物に気付くと、慌てて路傍に身を寄せ、驚いたような顔をして捕方の一隊を見つめている。

4

「谷崎の旦那、飲んでくれ」

磯吉が、顔をほころばせて貧乏徳利を十兵衛にむけた。

「おお、すまんな」

十兵衛は目を細めて、湯飲みを差し出した。顔がすこし赤くなっている。酒気がまわってきたようだ。

権兵衛店の半次の家だった。半次と十兵衛が貧乏徳利の酒を飲んでいると、忠兵衛と熊造が貧乏徳利を手にして家に入ってきた。ふたりは、半次たちが酒を飲んでいるのを通りがかりに目にして、足を運んできたらしい。そして、ふたりが腰を落ち着けるとすぐに、今度は磯吉がやはり貧乏徳利持参でやってきたのだ。

「どうだ、磯吉、お初は落ち着いたかな」

十兵衛が湯飲みを手にしたまま訊いた。

半次たちがお初を助け出して半月ほど経っていた。この間、お初は家にいたが、近所の同じ年頃の娘たちと話をするようになっていた。

磯吉も、手間賃稼ぎの大工の仕事にもどっていた。ぶら提げてきた貧乏徳利の酒は、働いた手間賃で買ったものであろう。

「へい、すっかり元気になりやしてね。家にいても、うるせえくらいでさァ」

磯吉が、嬉しそうに目を細めて言った。

「それはよかった」

十兵衛も目を細め、手にした湯飲みの酒をゆっくりとかたむけた。

そのとき、戸口で下駄の音がし、賑やかだね、あたしもお邪魔しますよ、とお寅の声が聞こえた。

すぐに、腰高障子があいて、お寅が顔を出した。お寅は丼を持っていた。

「たくあんだよ。酒の肴にいいと思ってね。持ってきたんだよ」

そう言うと、お寅は上がり框近くに座っていた忠兵衛の膝先に丼を置いた。

「うまそうなたくあんだ。みんなで、いただこうではないか」

忠兵衛が、丼を手にして言った。量が多いので、一本切ったのかもしれない。お寅は半次の家に男たちが集まって飲んでいると知って、顔を出したのだろう。お寅は男たちの集まりのなかにも、平気で顔を出すのだ。

「お寅、上がってくれ。遠慮はいらないぞ」

十兵衛が声をかけた。半次の家なのに、自分の家のような顔をしている。

「すまないねえ」

お寅はいつものように、よっこらしょ、と掛け声をかけ、座敷に上がってくると、半次の脇に膝を折った。お節介焼きのお寅が、口をつぐんだまま男たちに視線をまわしている。言い出す機会を待っているようだ。半次たちに、何か言いたいことか訊きたいことがあるにちがいない。

十兵衛が、背を丸めて男たちに目をやっているお寅に、

「ところで、婆さん、何か話があるのではないのか」

と、訊いた。

「あたしから話はないけどね。半次さんに、訊きたいことがあるんだよ」

お寅がしゃがれ声で言った。

「なにを訊きてえ」

半次がお寅に顔をむけた。

「浜吉さんのことだよ。半次さん、浜吉さんを大家のところに連れていったそうじゃアないか。……浜吉さん、長屋に越してくるんじゃアないのかい」

そう言って、お寅が上目遣いに半次を見た。浜吉さん、半次さん、と呼んでいる。

男たちが大勢いたからであろう。

「婆さんのお眼鏡《めがね》どおりだよ。浜吉は、近いうちに越してくるようだぜ。そんとき

は、面倒みてやってくれないか」

一昨日、半次は浜吉を連れて、大家の権兵衛のところに行ったのだ。浜吉が家を出て長屋に住みたいと言い出したからである。権兵衛はすぐに承知した。豊造をとじこめておいた部屋があいていたのだ。

「浜吉なら、いい仲間になるな」

十兵衛が言うと、

「あたしが面倒みてやるよ」

お寅が、背筋を伸ばして言った。

部屋に集まっていた忠兵衛や熊造たちも、顔をほころばせて浜吉を歓迎する言葉を口にした。

それからいっとき浜吉の話をした後、磯吉が、

「ところで、お縄になった幸兵衛や政蔵たちは、どうなりやすかね」

と、小声で訊いた。

「まだ、お上の吟味は終わっちゃァいねえが、幸兵衛と政蔵は獄門晒首《さらしくび》はまぬがれられめえ」

五日ほど前、半次は岡っ引きの達造と会って、その後の様子を訊いていた。

捕らえられた幸兵衛や政蔵たちは、南茅場町《みなみかやばちょう》にある大番屋に連れていかれ、北町奉行所の吟味方与力《よりき》の手で吟味されているという。当然、幸兵衛たちを捕らえた岡倉も吟味にくわわっているはずである。

達造によると、幸兵衛や政蔵は当初、女衒からお初たち三人を買い取ったと話したようだが、まず長七が口を割り、つづいて勘助と伝次郎が吐くと、幸兵衛と政蔵も観念して話すようになったそうだ。

幸兵衛たちの自白によると、岡倉や半次の見込みどおり、幸兵衛と政蔵のふたりは七、八年も前から十二、三歳ぐらいの若い娘を攫い、吉原や深川、山下などの岡場所に売り飛ばしていたという。ところが、幸兵衛が稼いだ金で花笠を居抜きで買い取り、料理茶屋を始めてからは攫った娘を売らず、自分たちの店で使うようになったそうだ。

まだ十二、三のうぶな娘に金持ちの客の酌をさせ、客が望めば、別の座敷で抱かせたという。客のなかには、吉原や岡場所の遊女とはちがう、まだ少女のようなうぶな娘と遊んだり抱いたりするのをことのほか喜ぶ者がいて、そうした客は大金を惜しまなかったそうだ。

そして、攫った娘たちが客にもてあそばれ何年か経ってすれてくると、幸兵衛たちは娘を吉原や岡場所に売り飛ばし、またあらたな娘を攫ってきたという。

「そうやって、幸兵衛と政蔵は大金をせしめたようでさァ」

半次が言った。

「その金を元手にして、山下の清水屋も始めたのか」

十兵衛が顔に怒りの色を浮かべて言った。

「そうでさァ。……幸兵衛が清水屋のあるじに収まり、政蔵が花笠の後釜に座ったってわけで」

「悪いやつらだねえ」

お寅が、顔をしかめて言った。梅干のような顔の眉間《みけん》に、大きな縦皺が寄っている。

「ところで、森と増山だがな。ふたりが、幸兵衛や政蔵の一味にくわわったのは、どういうわけだ」

そのことについて、十兵衛は森から話を聞いていたが、まだ腑に落ちなかったのだ。

「若い娘のようですぜ」

半次が小声で言った。

「若い娘がどうしたのだ」

「ふたりとも、花笠で飲んだとき、若い娘を抱いて味をしめたようでさァ。ところが、牢人の身では金がつづかねえ。幸兵衛と政蔵は森たちの腕が立つと知り、娘を抱かせるかわりに用心棒をやらせたようでさァ。……そのうち、森たちは娘を攫うときも手を貸すようになったってわけで」

「そういうことか」

十兵衛が苦い顔をすると、

「まったく、いやらしいやつらだね」

また、お寅が顔をしかめて言った。

それから、半次たちは一刻（二時間）ほども飲んだ。男たちはだいぶ酔ってきた。まず、熊造と磯吉が酩酊《めいてい》し、呂律《ろれつ》があやしくなってきた。

「遅くなったからね。あたしゃ、帰るよ」

お寅が、よっこらしょ、といつもの掛け声をかけて立ち上がった。これ以上、酔っ払いの相手はしていられないと思ったようだ。

するると、忠兵衛が、

「わしが、ふたりを連れて帰ろう」

と言って、くだをまいている熊造と磯吉の腕を引っ張って立たせた。忠兵衛も正体を失うような飲み方はしなかったようだ。

後に残ったのは、半次と十兵衛だった。十兵衛はだいぶ飲んでいた。顔が熟柿のように赤くなり、体が揺れていた。

「旦那、そろそろ帰らねえと、お嬢さんが心配してやすぜ」

半次が十兵衛の耳元で言った。

「そ、そうだな」

十兵衛が急に真面目《まじめ》な顔をして立ち上がった。家で待っている紀乃のことを思い出したらしい。

立ち上がったが、十兵衛の腰がふらついていた。

「あっしが、家まで送りやしょう」

半次は、十兵衛の脇について土間へ下りた。十兵衛はふらついていたが、自力で歩けないほどではなかった。

半次が腰高障子をあけ、十兵衛のそばについて戸口から出たときだった。下駄の音がし、斜向かいの十兵衛の家の前から紀乃が駆け寄ってきた。十兵衛のことが心配になり、戸口に出て半次の家に目をむけていたようだ。

「父上、酔ってるの」

紀乃が眉根を寄せ、十兵衛の腕をつかんで言った。声に、いつもとちがうきついひびきがある。

「よ、紀乃。……おれは、酔ってはないぞ」

十兵衛が首をすくめて言った。十兵衛の顔に、母親に叱られた子がべそをかいているような表情が浮いた。こういうときの十兵衛は、紀乃に頭が上がらないのだ。

ふいに、紀乃が十兵衛から半次に視線を移し、

「半次さん、父上にあまり酒を飲ませないでくださいね」

と、言った。静かな声だったが、きっぱりしたひびきがあった。

「へえ……」

半次も、首をすくめた。咄嗟に返答できなかったのだ。

男ふたり、紀乃を前にして叱られた子供のように肩を落として立っている。深い夜陰が長屋をつつみ、三人の姿だけが、戸口の灯のなかにぼんやりと浮かび上がったように見えていた。

この作品は書き下ろしです。

半次《はんじ》と十兵衛《じゅうべえ》捕物帳《とりものちょう》

ふきだまり長屋《ながや》大騒動《おおそうどう》

鳥羽亮《とばりょう》

平成24年12月10日　初版発行

発行人――石原正康
編集人――永島賞二
発行所――株式会社幻冬舎
〒151-0051東京都渋谷区千駄ヶ谷4-9-7
電話　03(5411)6222(営業)
　　　03(5411)6211(編集)
振替00120-8-767643
印刷・製本―株式会社 光邦
装丁者――高橋雅之

幻冬舎時代小説文庫

ISBN978-4-344-41957-5　C0193　　と-2-26